OUIDA

SCÈNES

DE LA

VIE DE CHATEAU

ROMAN ANGLAIS

TRADUIT AVEC L'AUTORISATION DE L'AUTEUR

PAR

HEPHELL

PARIS

LIBRAIRIE HACHETTE ET Cie

79, BOULEVARD SAINT-GERMAIN, 79

PRIX : 3 FRANCS

SCÈNES

DE LA

VIE DE CHATEAU

A LA MÊME LIBRAIRIE

OUVRAGES DU MÊME AUTEUR

Format in-16

BOURLOTON. — Imprimeries réunies, **B**, rue Mignon, 2.

OUIDA

SCÈNES

DE LA

VIE DE CHATEAU

ROMAN

TRADUIT DE L'ANGLAIS AVEC L'AUTORISATION DE L'AUTEUR

PAR

HEPHELL

PARIS

LIBRAIRIE HACHETTE et Cie

79, BOULEVARD SAINT-GERMAIN, 79

1887

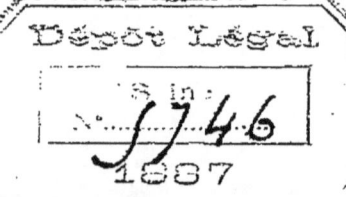

SCÈNES

DE LA

VIE DE CHATEAU

I

On était au mois d'août, dans la salle à
manger d'été du château de Surrenden. Les
tentures en cuir de Cordoue à rehauts d'or, les
meubles en chêne sculpté, les vitraux montés
en plomb, datent du temps des Stuarts. La
devise de la famille, « J'ay bon vouloir », est
gravée au-dessus des armoiries, composées
d'un héron becqué surmonté d'une couronne.

1

Des fenêtres, la vue s'étend sur de magnifiques jardins, plantés du temps où Beaumont dessina ceux d'Hampton Court. Les allées bordées de conifères martyrisés par l'art du jardinier, les massifs aux formes symétriques, les terrasses dallées aux escaliers grandioses, composent l'ensemble du jardin d'agrément. On ne voit là que des fleurs déjà connues au xviie siècle ; sur les balustres en pierre, qui encadrent les parterres, se pavanent des paons aux couleurs chatoyantes. Des oiseaux et des papillons voltigent de tous côtés. Des cèdres, des tilleuls, des ormes séculaires, produisent un très bel effet. Plus loin, la vue s'étend sur les pelouses et les bois verdoyants du parc. Surrenden est un des domaines de lord Usk et sa résidence favorite ; pour les indigènes, c'est la saison d'automne : pour lui, c'est celle des chasses. Lord Usk approche du demi-siècle ; il est encore très bien de sa personne, mais son œil terne, son sourire ridé et son expression atrabilaire, indiquent chez lui une maladie de foie. La nature voulait en faire un homme aimable; la bonne chère a contrarié les intentions de la nature.

Dorothée, sa femme, Fitz Charles par sa naissance, troisième fille du duc de Derry, n'est plus de la première jeunesse; mais elle est belle encore, malgré ses trente-cinq ou trente-six ans. Elle a des dispositions à l'embonpoint, ce qui fait son désespoir et celui de ses femmes de chambre. La comtesse a les yeux intelligents, l'expression riante, l'air bon enfant plutôt que grande dame, bien qu'elle sache l'être à l'occasion; mais elle se soustrait à ce rôle ennuyeux autant que faire se peut. Elle et lord Usk sont mariés depuis seize ans. Ils étaient alors aussi passionnément épris qu'ils sont aujourd'hui indifférents l'un à l'autre. On aurait tort d'en conclure qu'ils font mauvais ménage, car un sentiment de confiance et d'attachement mutuels ne laisse pas de demeurer au fond de leur cœur. Ma foi! c'est beaucoup dire à notre époque.

Dès que lord Usk et sa femme sont tête à tête, ils se chamaillent à l'envi; aussi s'arrangent-ils de façon à éviter le plus possible ces occasions de querelle domestique.

La famille se compose de deux belles jeunes filles et de trois fils ; ces derniers sont des enfants terribles dans toute la force du terme. L'aîné, lord Surrenden, a reçu les prénoms de Victor-Albert-Auguste-Georges, mais il est plus généralement connu sous le sobriquet de Boum.

A l'heure où commence ce récit, lady Usk et son mari déjeunent dans le kiosque du jardin. La porcelaine est du vieux chelsea, l'argenterie du temps de la reine Anne ; les roses mêmes sont d'anciennes espèces de roses. Cette pièce est remplie d'une odeur agréable de fleurs, de cigarettes, de café et de gazon frais tondu. Le sol est jonché de papiers. Lord Usk songe avec ennui que quinze longs jours le séparent encore de l'ouverture de la chasse. Quoique l'économie soit une belle chose, il est inconsolable d'avoir vendu à un capitaliste américain et ses grandes landes en Écosse et sa forêt giboyeuse. Depuis lors, il refuse obstinément de prendre part aux fêtes cynégétiques ; il ne sait littéralement comment occuper son temps.

Lady Usk a invité ses amis à venir à Surrenden. Or le châtelain déteste les amis de sa
femme ; au demeurant, il n'aime guère plus les
siens. Une seule personne trouve grâce devant
lui : c'est Dulcie Waverley, qui n'arrivera que
plus tard. En attendant, Sa Seigneurie s'ennuie
et bâille à se luxer la mâchoire. Que lord Usk
ne peut-il étrangler de ses propres mains le
Yankee qui possède maintenant sa grande propriété d'Achnalorrie? « Quelle folie j'ai faite le
jour où je l'ai vendue ! » se dit-il cent fois par
jour. Tout jeune, quand il n'était encore que
Georges Rochefort, il donnait les plus belles espérances. En sortant d'Eton pour aller à Oxford,
son intelligence et son amour des lettres l'a-
vaient déjà fait remarquer. Malheureusement,
il ne tint pas tout ce qu'on attendait de lui. Il
ouvrait rarement un livre et ne désignait les
saisons que par les différentes chasses qu'elles
comportent. Pour le quart d'heure, il en était
réduit à chasser dans la garenne, et le lapin est
un gibier qu'il dédaigne.

Faute de mieux, il tombe à bras raccourcis sur les invités de sa femme ; et, ayant lu les noms qu'elle a griffonnés au crayon, il s'écrie :

« Pour changer, c'est toujours la même chose. Une réunion hétéroclite de gens qu'il est malséant d'inviter ensemble : pas une femme avec son mari, pas un mari avec sa femme !

— Bien entendu ! répond lady Usk en interrompant la lecture d'un journal mondain, qui l'intéresse surtout par les fausses nouvelles qu'il publie.

— Personne n'a une société aussi mal composée que la vôtre !

— Merci du compliment !

— Examinons votre liste. La vérité, c'est que chacun s'attend à rencontrer ici une personne que vous n'auriez pas dû y inviter.

— Quelle ineptie ! Ne se rencontre-t-on pas partout ? D'ailleurs, qu'est-ce que cela fait ?

— Diantre ! je trouve que cela fait beaucoup. »

Lord Usk, qui n'avait pas toujours été si régulier et si sévère dans sa conduite, trouvait bon à cinquante ans de flageller celle d'autrui. Quand la pâtisserie et la bière ne conviennent plus à notre estomac, nous les déclarons indigestes pour tout le monde. Mais on n'en continue pas moins à vendre de la pâtisserie et de la bière.

Lord Usk reprit :

« Tout cela, je vous le répète, me déplaît au plus haut point. Vos invités manquent de tenue; vous devenez d'une année à l'autre plus coulante. Pourvu qu'on vous amuse, vous vous moquez du reste. Mais le diable finit toujours par se faire payer.

—Eh bien ! ce sont les autres qui payeront, et non pas moi.

—En tout cas, cette connivence me paraît pitoyable.

— Êtes-vous scrupuleux !

—Sans l'être, je n'entends pas que Surrenden devienne une sorte d'*Agapemone*.

— Ce serait pourtant un remède contre l'ennui.

— On s'ennuie fatalement chez soi. Je désap-

prouve votre manière d'agir, Dorothée ; je sais
qu'on en jase dans les clubs ; on y raconte que
M. X... a dit à Mme Z... : « Nous prierons lady
Usk de nous inviter ensemble, » et c'est en
effet ce qui arrive. Ceci est du dernier incon-
venant.

— Mais, mon cher, si M. X... se morfond loin
de Mme Z..., pourquoi ne pas leur fournir une
occasion de rapprochement ? Je suis de bonne
composition ; je vous le répète, je ne demande
qu'une chose : c'est que l'on s'amuse chez moi.

— S'amuser ! Vous voulez dire *flirter*. Sup-
posons que tout aille pour le mieux et qu'il s'en-
suive mariage, un jour ou l'autre, les intéres-
sés vous reprocheront d'avoir conspiré contre
leur bonheur.

— Voilà qui m'est égal !

— Que vous êtes immorale, ma chère Dorothée !

— Du moment qu'il est d'usage d'inviter en
même temps les gens qui ont plaisir à se
trouver ensemble, pourquoi faire exception à
la règle ?

— Que n'invitez-vous au moins les femmes de ces messieurs ou les maris de ces dames ?

— Mais, puisque je tiens à ce que l'on s'amuse chez moi ! est-ce assez clair ?

— Vertu de ma vie ! Comme j'avais raison de dire que vous êtes immorale !

— Non, je ne le suis pas ; personne autre que vous n'a jamais payé mes factures.

— Mille bombes ! voilà un privilège ! Payer ! Je crois fichtre bien que je paye ; l'argent de vos épingles ne vous suffit jamais.

— Il n'y a là rien d'extraordinaire, puisque je n'en ai qu'autant qu'il est nécessaire pour acheter des épingles ; ainsi, l'année derrière, je m'en suis donné deux en brillants de vingt-deux mille francs chacune.

— Vous auriez mieux fait d'acheter des hardes !

— Des hardes ! Ah ! mon cher, quelle expression ! En réalité, je n'ai pas même de quoi acheter un sarrau d'enfant. Tout passe, tout fond, tout disparaît en bibelots, en présents de noce et de baptême, en billets de concert, en souscriptions et en œuvres pies. Je ne comprends pas vos reproches relativement à mes dépenses chez Worth, chez Élise et chez Virot. Aux dernières vacances de Pâques, Boum m'a lu un passage d'Ovide, fort intéressant et encore plus instructif, sur les affiquets que portaient les dames romaines pour s'embellir. Ah ! c'était bien autre chose que nous ! Folles de luxe, il leur fallait des marchepieds en écaille pour monter en litière et des colliers enrichis de pierreries pour leurs roquets. Le goût des jolies choses, voyez-vous, est vieux comme le monde, bien que vous en parliez comme d'une invention moderne.

Lord Usk rit jaune en écoutant sa femme.

— « *Naso magister erat* » est un axiome qu'on devrait graver sur la porte de vos amis.

— A coup sûr, mon cher, vous voulez dire par là quelque grosse méchanceté. Je maintiens que tous mes amis sont charmants.

— Je vais vous traduire ma citation : Je n'entends pas qu'on se gausse de moi. Si les choses devaient continuer ainsi, je fermerais ma

maison et je partirais pour le continent. Un
scandale éclate-t-il à Londres pendant la *saison*, il est sûr qu'il viendra s'abattre ici en automne. La vérité pure est qu'autrefois les
femmes recommandables laissaient les courti-
sanes sous les portiques.

— Recommandables ! juste ciel ! on dirait
que vous parlez de femmes de chambre. Vrai !
je ne serais pas fâchée si vous étiez invité ailleurs. Vous êtes un rabat-joie de profession.

— Bien obligé ! Je tiens à avoir mes coudées
franches ici, à chasser chez moi, sur mes terres,
dans mes bois, et non trois jours par-ci, trois
jours par-là et trois jours ailleurs, avec des pro-
priétaires sur mon dos, qui surveillent mes
coups de fusil et qui s'attendent à de grands re-
merciments s'ils me font tuer quelques mé-
chants perdreaux. Voilà une vie à laquelle je ne
me résignerai jamais... jamais... tant qu'il
restera un faisan dans mes tirés.

— Tiens ! je me figurais que vous vous en-
nuyiez mortellement ici !

— Pas quand je chasse ! Revenons à votre

liste. Je voudrais ne recevoir chez moi que des personnes respectables et non des gens choisis par couple, comme les animaux de l'arche : Lady Arthur et Hugo Monjoie ; Iona et Mme de Caillac ; Mme Curson et Laurence Hamilton ; Richard Wootton et Mme Faversham ; le duc et lady Dodgelly ; le vieux Beaumanoir et Olivia Dawlish. C'est de la dernière inconvenance, car vous savez aussi bien que moi ce que l'on en dit.

— Si on ne devait recevoir que les gens dont on ne jase pas, il faudrait se résigner ou à avoir une maison vide ou à la remplir de vieilles horreurs. Êtes-vous donc sans avoir lu certaines réclames relatives aux allumettes de sûreté ? Eh bien ! nous ressemblons aux susdites allumettes. Si vous avez la boîte sans les allumettes, ou les allumettes sans la boîte, vous ne pouvez rien tirer ni des unes ni des autres.

— Malheureusement Ovide est né trop tôt pour connaître cette admirable comparaison.

— Il est une chose pire que d'inviter les gens avec les personnes qui leur plaisent trop, c'est de vouloir les réunir à celles qui ne leur plaisent plus. Ainsi, l'année dernière, n'ai-je pas engagé ensemble Mme de Saumur et Gervase, alors qu'ils étaient brouillés depuis deux mois ? Voilà de ces sottises qui m'humilient profondément.

— Eh bien, après ?

— Tout l'ennui a été pour moi, qui n'aime pas à ignorer ce que tout le monde sait.

— Quelle complication pour une maîtresse de maison, s'il lui faut connaître tous les méandres du cœur de ses amis, comme un officier prussien doit savoir toutes les routes de la France. Au commencement du règne de la reine Victoria, rien de tout cela ne pouvait se produire, car il était de règle d'inviter un mari avec sa femme, comme il est d'usage d'acheter des pigeons par paires.

— A vous entendre, mon cher Georges, on pourrait croire que vous regrettez ce temps-là. Or, si vous étiez obligé de m'accompagner partout, vous seriez bien attrapé !

— La politesse m'oblige à vous contredire et la sincérité me force à vous donner raison.

— Comment peut-on se plaire dans la société de ceux qui ont ressassé cent fois devant nous les mêmes histoires et qui connaissent jusqu'au régime que notre médecin nous impose. Pour mon compte, je prends en grippe ceux qui m'ont vue malade et qui savent où sont plantés mes faux cheveux. A ce propos, Boum m'a raconté qu'au temps d'Ovide les femmes portaient perruque, et que, l'une d'elles ayant mis la sienne de travers, cette bévue suffit à refroidir la passion du célèbre poète. Cela en refroidirait bien d'autres! Je me demande ce que les perruques coûtaient alors et si elles étaient bien faites. »

Lord Usk se lève, allume un cigare et dit en riant :

« Encore un coup, je regrette que vous n'ayez pas invité les maris de quelques-unes de vos amies.

— Je m'en garderais bien; d'abord, ces messieurs ne vont jamais là où sont ces dames.

— Il va sans dire que vos amies ne sont pas jalouses de leur seigneur et maître.

— Une femme d'esprit n'est jamais jalouse ; elle n'en a pas le temps. Il n'y a que les grues qui se permettent ces choses-là.

— Eh bien ! êtes-vous une femme d'esprit ?

— Tout le monde me le dit, hormis vous.

— Alors, veillez à ce qu'il ne se passe aucun scandale chez moi, vous entendez !

— Pour plus de sûreté, faites placarder cet avis dans le hall, à côté de cet autre qu'on y lit déjà : « Il est interdit aux domestiques de recevoir aucune gratification. »

— Je n'hésiterais pas un instant à en venir là, si on devait s'y soumettre. Enfin, Dorothée, que voulez-vous que je vous dise ? je n'aime pas votre monde ; j'en voudrais retrancher les neuf dixièmes.

— Mon cher Georges, mêlez-vous de vos affaires, comme on dit vulgairement. Ai-je jamais blâmé vos interminables discours à la Chambre haute ? vos banquets politiques ? la colère que vous ressentez quand un de vos tenanciers vote pour un candidat qui n'est pas le vôtre ? Vous ai-je jamais fait de scènes parce

que vos faisans vous reviennent à 25 francs
pièce? Me suis-je jamais insurgée quand vous
perdez de l'argent aux courses, bien que vos
écuries vous coûtent, bon an, mal an,
250 000 francs? Me suis-je moquée de votre
naïveté, le jour où vous avez cru que les paysans
qui meurent de faim sur vos terres seraient
reconnaissants d'une réduction de dix pour cent
sur leurs fermages? Vous devez me rendre
cette justice, c'est que j'ai su me taire. Libre à
vous de courir à votre ruine et de pousser à la
roue de la révolution; mais, pour ce qui me
concerne, je veux être libre d'inviter et de voir
chez moi qui me convient. Ah! vous battez en
retraite! C'est la ressource ordinaire des
hommes à bout d'arguments, » dit lady Usk en
voyant son mari très surexcité se diriger, à pas
pressés, du côté de la porte; car, s'il est capable
de se quereller avec sa femme du matin au
soir, c'est un trop galant homme pour lui
adresser de gros mots. Cette allusion à ses
faisans l'a mis hors des gonds. Sa terre d'Achnalorrie est vendue, vendue à un Yankee, et

Dorothée ose revenir là-dessus. Les chiens, à coup sûr, sont une grosse dépense, les gardes un grand ennui, les métayers un épouvantable fléau; mais, en bonne conscience, on ne peut pas dire que lord Usk fasse des folies pour la chasse. Enfin, sa propriété d'Achnalorrie est irrémissiblement passée en d'autres mains. Il regrette d'autant plus les quarante kilomètres qu'il pouvait faire en voiture sur ses terres, les collines où soufflait une bise glaciale, la vieille maison bâtie sur le roc, les rafales de neige, les torrents qui débordent et qu'il faut faire passer quand même aux chevaux. Dorothée n'a cure de ce sacrifice, elle reproche au châtelain le prix de revient de chaque faisan, de chaque chevreuil. Vrai! les femmes n'ont pas de cœur pense Lord Usk. Si elles trouvent un moyen de vous donner un coup de griffe, elles vous égratignent jusqu'au sang.

Tout en se livrant à ces réflexions, les mains dans ses poches et la tête baissée, Sa Seigneurie arpente d'un air mélancolique une allée bordée d'ifs; cependant il a tout pour être heureux.

2

Riche en dépit des malheurs du temps, il possède de grands biens, de bonnes rentes, de beaux enfants. Il mène une vie très mouvementée, et pourtant cette vie l'assomme, par sa monotonie dans l'agitation.

Ce jardin solitaire, rempli de souvenirs et si propice à la rêverie, le laisse indifférent. Est-ce sa faute? est-ce celle de la société? Non, c'est plutôt celle de son hépatalgie; son père, lui, était heureux comme un roi; mais dans ce temps-là les grouses n'étaient pas anémiques, ni les propriétés grevées d'autant d'impôts; on n'avait encore inventé ni les clôtures de fil de fer, si dangereuses pour les chevaux, ni la loi sur le gibier, ni l'importation du blé d'Arkansas, ni enfin Joseph Chamberláin et Cⁱᵉ.

« Quand mon pauvre Boum, se dit lord Usk, aura atteint sa majorité, ce démocrate sera peut-être président de la République et le domaine de Surrenden aura disparu dans une nouvelle répartition du sol. »

Lord Usk est, en outre, propriétaire de deux autres châteaux dans le voisinage : Orme et

Denton-Abbey. Mais ce sont de grandes casernes, qu'il déteste. Surrenden est l'habitation qu'il préfère, après Achnalorrie, bien entendu. Il aime beaucoup aussi sa belle et coquette maison de Newmarket, où lady Usk d'ailleurs n'a jamais mis le pied.

A ce moment, on entend un roulement de voitures dans la cour. C'est le break et l'omnibus, qui vont chercher les hôtes attendus à la station la plus voisine (cinq kilomètres). Le châtelain se félicite d'avoir encore devant lui deux bonnes heures de liberté. Il suffit que ces invités soient des amis de sa femme pour qu'il les ait en antipathie. Pourquoi aussi Dulcie Waverley n'arrive-t-elle pas avant le 20? Il est si agréable de causer avec des gens qui vous donnent raison. Or, lorsqu'il s'agit de ceux qui l'entourent, il préfère cependant la contradiction à l'approbation tacite. Pour sa part, il évite de donner dans le sens des autres et pense avec le fabuliste :

La dispute est d'un grand secours,
Sans elle on dormirait toujours.

Mais, quand il s'agit de Dulcie Waverley, il est heureux de se sentir approuvé par elle et de lui entendre dire qu'il eût pu être, s'il l'eût voulu, un plus grand homme que lord Salisbury. Au fond, il en est bien persuadé.

Assis sous un arbre taillé en guérite, il fume tranquillement un cigare; un paon passe près de lui, balayant le gazon de sa queue aux couleurs chatoyantes. On entend le gazouillement des oiseaux et le murmure d'un ruisseau. Sa Seigneurie ne prête attention à rien; la chaleur l'accable sous sa retraite verte. Il ne connaît pas de chose plus absurde que cette ancienne mode de comprimer la végétation. Le bruit de l'eau l'agace; pourquoi ne pas détourner ce cours d'eau? Hélas! il n'a d'argent pour rien; autrement, ce serait fait demain.

A cet instant, le paon braille à vous perforer le tympan.

« Pourquoi, diantre, ne tordez-vous pas le cou à cet oiseau? » demande le maître de céans, à un petit jardinier qui ramasse des feuilles de roses tombées.

L'enfant, stupéfait, reste bouche bée, en jetant vivement son chapeau par terre en signe de respect.

Le premier couple de paons parvenu en Angleterre avait été envoyé en présent à une châtelaine de Surrenden par Warren Hastings. Les braves gens du comté éprouvaient une admiration respectueuse pour l'oiseau de Junon, qu'ils pouvaient voir dans le parc les jours où il était ouvert au public. Là, les paons étaient aussi vénérés que les ibis verts en Égypte.

« Combien de temps encore les ouvriers nous salueront-ils ? se demanda lord Usk. Je ne vois pas, d'ailleurs, pourquoi il s'en dispenseraient, tant que nous-mêmes nous nous découvrirons devant le prince de Galles ! »

Ce problème politique et social le fit penser aux prochaines élections, sujet complexe et inquiétant entre tous. « Ah ! que ne suis-je né au temps de mon grand-père, se disait-il, alors qu'on tenait les électeurs dans sa main, comme on tient une tabatière ! Le comté nommait les yeux fermés le candidat de lord Usk, et le pays, ma foi ! ne s'en trouvait pas plus mal. Fox, Hervey, Walpole, Burke, et d'autres encore, en sont la meilleure preuve. Orateurs éloquents, grands ministres, hommes d'État, membres du Parlement, ils justifièrent, et au delà, le choix de l'aristocratie, en faisant le bonheur et la gloire du pays. Les hâbleurs, les intrigants, les crétins, les gens tarés, n'avaient alors aucune chance d'entrer au Parlement. Quand Boum sera d'âge à s'y présenter, un fabricant de gaufrettes ou d'épingles viendra sûrement mettre son pain devant sa rôtie. Les radicaux et les membres de la Ligue agraire persuade-sont aux bêtas d'électeurs que leur gouvernement sera la perfection. Le pauvre Boum en sera pour ses frais. »

A cette réflexion décourageante, Sa Seigneurie jette le bout de son cigare aux paons, sort de sa guérite et, ô surprise ! il se trouve face à face avec lord Brandolin, que tout le monde, ou du moins ceux qui s'intéressent particulièrement à ses faits et gestes, croient au fond d'une forêt de Lahore.

— Mon cher Georges, dit-il, d'une voix aussi
douce que celle des paons est aigre, au risque
d'être indiscret, je viens vous demander l'hospitalité. J'ai laissé mon yacht à Weymouth, et
me voilà. »

Le châtelain de Surrenden se confond en pro-
testations, lord Brandolin étant après Dulcie
Waverley la personne qu'il est le plus heureux
de recevoir. Par exception, le proverbe est jus-
tifié : « L'hôte qui s'invite lui-même est trois
fois le bienvenu. »

Lord Brandolin, qui a déjeuné à bord de son
yacht, refuse de rien prendre; il préfère rester
à fumer au grand air, et ajoute :

« Je tiens à ne pas déranger lady Usk. Je sais
qu'une châtelaine est occupée de mille soins
divers avant l'heure du lunch. Le château doit
être plein comme un œuf.

— Hélas ! il le sera ce soir, réplique lord Usk
d'un ton bourru; c'est bien le cas de dire que
la quantité exclut la qualité.

— Je vous plains, en vérité ! » répond Brandolin, en clignotant des yeux.

Le nouvel arrivé n'est pas ce qu'on appelle un bel homme ; mais il a des yeux magnifiques, un profil de camée et un grand air de distinction. Sa physionomie est à la fois gaie et sceptique ; il approche de la quarantaine, mais il paraît plus jeune que son âge ; il est célibataire, ayant eu la chance miraculeuse d'échapper aux pièges qu'on lui a si souvent tendus. Sa baronnie est une des plus anciennes du royaume-uni d'Angleterre et d'Irlande, et il ne voudrait pas l'échanger contre un duché.

« A-t-on jamais vu, mon cher Georges, dit-il, l'amour et les convenances marcher de pair ?

— On a du moins le droit de prétendre, répond lord Usk, que tout se passe convenablement chez soi.

— Je n'y contredis point ; il est si commode de faire de la morale aux dépens des autres ! Lady Waverley n'est-elle pas ici ? Sa présence suffirait à sauver une centaine de Sodomes et une douzaine de Gomorrhes par-dessus le marché.

— Je vous croyais aux Indes, interrompit

lord Usk, qui n'avait aucun désir de prolonger la conversation sur les vertus prophylactiques de lady Waverley.

— J'en ai eu vite assez. Je m'y plaisais beaucoup quand j'avais vingt-quatre ans; mais on aime tant de choses à cet âge ! Voire même le vin de Champagne et le cotillon ! Comment va Boum ?

— Parfaitement. Il est en ce moment chez ses cousins du Suffolk. Vrai, mon cher, vous ne voulez rien prendre ? On peut vous servir ici, si vous tenez à rester dehors.

— Merci, non. Quels magnifiques jardins ! Il y a des années que je ne les ai vus; je n'en connais pas de plus beaux en Angleterre. Après les grandes plaines poussiéreuses et les chaleurs humides de l'Inde, cette fraîcheur et cette verdure me font l'effet d'un paradis terrestre.

— Quel paradis ! Dites donc plutôt l'enfer, car il fait une chaleur diabolique.

— Plaignez-vous ! Ah ! comme je reconnais bien là l'homme qui n'a jamais voyagé. Je voudrais pouvoir vous enfermer dans une bouée au milieu de la mer Rouge. Je me demande comment l'Anglais, qui transpire chez lui par tous les pores dès que le thermomètre est au-dessus de zéro, peut supporter les chaleurs des tropiques mieux que tout autre Européen.

— Savez-vous que j'ai vendu Achnalorrie? »

La vente de ce château est passée chez lord Usk à l'état d'idée fixe.

Brandolin, dissimulant sa surprise et prenant le ton de l'ironie, dit :

« Bravo! quand on veut jouer le rôle des radicaux, et cela contre ses propres intérêts, on ne saurait mieux faire. A quoi bon, miséricorde! garder des centaines d'arpents incultes, pour se livrer pendant quelques semaines au massacre des plus innocentes créatures du bon Dieu?

— Dorothée me fait les mêmes raisonnements.

— Puisque lady Usk est un politicien si remarquable, confiez-lui donc l'éducation de Boum. Pour ma part, je ne connais rien de moins défendable que nos tueries de chevreuils, sinon nos carnages d'oiseaux.

— Il faut bien tuer quelque chose.

— Je n'en vois pas la nécessité. Cependant je ferai une exception pour la chasse au chien d'arrêt, alors que le chasseur harassé, mais triomphant, rapporte dans son carnier un gibier longtemps poursuivi ; cependant, entre ce plaisir laborieux et une matinée où l'on abat trois mille pièces de gibier entre cinq fusils, il y a loin ! Quelle grosse somme on a dû vous donner d'Achnalorrie ? »

Lord Usk se met à causer de cette propriété comme un amant des charmes d'une maîtresse toujours regrettée. Brandolin écoute avec une patience à toute épreuve. L'Américain chassant un dix-cors pendant huit heures, sur les bruyères trempées, par un brouillard épais, fournit à l'ancien propriétaire matière à longues jérémiades. Lord Brandolin y répond par ces mots :

« Indifférent comme je le suis aux plaisirs de la chasse, je préfère aux charmes d'Achnalorrie ce beau jardin ensoleillé, où l'on se figure voir passer dans les allées ombreuses tous les chevaliers de Spencer.

— Bah ! vous le dites, mais vous ne le pensez pas !

— Je vous affirme que je le pense comme je le dis. L'Écosse n'a aucun attrait pour moi. »

Il ne plaît pas à lord Usk d'être consolé ; il continue à fumer son cigare d'un air triste.

« Lady Waverley n'est-elle pas ici ? » demande derechef lord Brandolin, car il sait qu'elle seule aurait le don de faire diversion aux regrets de lord Usk.

II

« Dorothée m'en veut beaucoup d'avoir vendu Achnalorrie, dit lord Usk à lord Brandolin, en se rapprochant du château.

— Ceci manque de logique, répond le nouvel arrivé, puisque, par principe politique, elle veut qu'on laisse incultes de grandes étendues de terre; mais les femmes aussi charmantes que lady Usk manquent souvent de logique.

— Elle ne me permet jamais de jouir de rien.

— Que vous êtes injuste ! Je vous l'ai dit bien des fois (Brandolin se rappelle que lady Usk a

tous les ans la générosité d'inviter Dulcie
Waverley à Surrenden). Décidément, vous êtes
hargneux, mon cher Georges : privilège garanti
aux Anglais par la Grande Charte; mais, vous
savez, ce n'est pas impunément qu'on abuse
des privilèges. »

Lord Usk, qui a l'habitude de se considérer
comme une victime, reprend :

« Personne n'est aussi ennuyé que moi.
Vous prenez tout légèrement ; on voit
bien, sapristi ! que vous n'êtes pas marié
et que vos fermiers vous payent leurs rede-
vances.

— Moi ! Je suis pauvre, mon ami ; mais j'en
ai pris mon parti. Tant que je pourrai nouer les
deux bouts sans être dans l'obligation de
fermer ou de louer mon vieux château, je me
tiendrai pour satisfait.

— Vous avez raison ; mais quand la famille
impose des charges considérables, quand on a
trois grands châteaux à entretenir, quand on
est mis à contribution à propos de tout dans
le pays, quand enfin on a des fermiers gênés,

c'est une autre paire de manches. Si je n'avais
fait le sacrifice d'Achnalorrie... »

En ce moment lady Usk descend les marches
d'une des portes-fenêtres du kiosque; Brandolin se trouve ainsi dispensé d'entendre plus
longtemps les doléances du châtelain. Lady Usk
est encore fort belle. Par mesure de prudence,
ou plutôt de coquetterie, elle tient ouverte sur
sa tête une ombrelle de soie blanche, doublée
de rose. Ses balayeuses de dentelle frôlent le
gazon; elle est escortée de ses deux filles,
Alexandra et Hermione, connues sous les petits
noms de Dodo et Lili. Ce n'est pas sans une
arrière-pensée qu'elle adresse ses compliments
de bienvenue à lord Brandolin. D'une part, elle
est ravie de le voir, car c'est un homme d'esprit que tout le monde s'arrache, et qui amuse
Georges; d'autre part, son arrivée inopinée ren-
verse toutes les combinaisons de la châtelaine.
N'étant l'adorateur attitré d'aucune femme,
il fera la cour à toutes pour se distraire, et il
en résultera des dissensions, des rivalités, des
complications qu'elle voulait éviter à tout prix :

or, le voilà en personne, accoutumé non seulement à être bien reçu, mais choyé, gâté, recherché partout où il va. Il faut quand même lui
faire fête. Lord Brandolin se montre des plus
aimables avec la mère et les filles. Il a du reste
un fonds de sympathie pour celle-là, et beaucoup d'amitié pour celles-ci. Dodo et Lili sont,
en effet, fort agréables à voir, avec leurs
toilettes *greenaway*, leur jeunesse, leur fraîcheur, leur physionomie avenante et leur
bonne grâce, ce signe distinctif de race.
L'enfant de l'aristocrate anglais est délicieux à
contempler. Lord Brandolin se laisse entraîner
au *lawn-tennis* par Alexandra, Hermione et
leur plus jeune frère, Baby.

Lady Usk reste assise en attendant son mari,
qui cause avec son régisseur. Ce genre d'entre-
tien a pour résultat de rendre lord Usk plus mo-
rose que d'habitude, M. Lanyon lui prouvant par
a plus *b* que d'ici un an la Grande-Bretagne
finira dans un cataclysme. Sans l'aristocratie et
la bourgeoisie, c'en serait fait de l'Angleterre.
Quant à Sa Seigneurie, elle ira s'établir avec son

clan sur les terres qu'elle possède en Amérique ;
mais d'ici là lord Usk n'aura peut-être plus
pour toute propriété qu'une boîte de décrotteur
au coin d'une rue, et, en outre, il est peu probable que les nouvelles couches sociales fassent
cirer leurs souliers. A cette hypothèse le régisseur répond :

« Elles n'auront pas même de souliers ! »

M. Lanyon, naguère la fleur des pois et la
première rame d'Eton, s'estimait heureux, après
une jeunesse orageuse, d'avoir trouvé un refuge
chez son ancien camarade d'école. Il remplis-
sait ses fonctions avec zèle et discrétion, vivant
content dans une jolie maison couverte de roses,
sise à l'entrée du bois de Surrenden. Si Boum
trouve les choses en état à sa majorité, il le
devra à coup sûr à Jean Lanyon.

Un temps d'arrêt au lawn-tennis permet
d'entendre le bruit des roues du break et de
l'omnibus ; mais aucun des personnages qu'ils
amènent au château ne paraîtra avant l'heure
du lunch.

« Y a-t-il de jolies femmes au nombre de vos

invitées ? » demande Brandolin à la châtelaine.

Elle hésite à répondre affirmativement, car chacune d'elles est pourvue de son cavalier servant.

« Autant qu'il m'en souvient, vous n'aimez pas les réunions nombreuses, dit-elle à Brandolin.

— J'aime la société des femmes, répond-il d'un ton sérieux.

— Mais pas celle de grand'maman Sophie ! » dit vivement le Baby assis par terre.

Il veut parler de la douairière duchesse de Derry, personne fort âgée, arrogante, animée d'un esprit d'exclusion insupportable. Son mari ayant été un moment vice-roi d'Irlande, il en est d'aucuns qui l'appellent Sophie par la grâce de Dieu.

Elle et Brandolin sont comme chien et chat. Le Baby, enfant gâté, qui reste trop longtemps dans le salon de sa mère, ne laisse pas de s'en être aperçu.

« Je reconnais, dit Brandolin, que j'ai eu des torts à l'égard de la duchesse ; mais j'aime à croire que les invitées de lady Usk ne ressemblent, ni au moral ni au physique, à cette vénérable dame. »

Là-dessus, le Baby et ses sœurs éclatent de rire, car l'ancienne vice-reine d'Irlande n'est pas plus aimée de ses petits-enfants qu'elle ne l'était des Irlandais. Lady Usk se dispense de défendre sa mère.

« Si j'avais pu penser, dit-elle, que vous fussiez assez bon pour vous souvenir de moi, j'aurais invité quelques-unes de vos amies. Je crains, en vérité, que les femmes que vous trouverez ici ne vous inspirent pas grande sympathie, car vous les connaissez presque toutes.

— Et vous en inférez que cela est fatal à la sympathie ? Voilà qui est dur ! répliqua son interlocuteur.

— La sympathie, reprit la châtelaine, est comme les gants : ils sont agréables à la condition d'être neufs ; pendant la première heure, on ne voit pas un pli.

— Êtes-vous sceptique ! Moi, j'aime beaucoup

les vieux gants ; à vrai dire, je n'ai jamais été un gandin.

— Je suis sûre, maman, que Mme Sabaroff plaira beaucoup à lord Brandolin, dit Dodo, enfant maligne et fûtée.

— Pourquoi cela, s'il vous plaît, jolie prophétesse ? reprend lord Brandolin. Qui est Mme Sabaroff ? Une de ces femmes sans doute dont parle Stepniak.

— Qu'entendez-vous dire par là ? riposte Dodo. Mme Sabaroff est une belle personne et, de plus, princesse.

— Elle m'a donné deux poneys de l'Ukraine et un vrai drosky.

— Elle a offert à Boum un poney circassien tout blanc; à ma sœur et à moi, des parures de turquoises, dit Lili.

— C'est, en effet, une fort belle personne, répète lady Usk; mais je doute qu'elle ait le don de vous plaire. Vous aimez les femmes coquettes, aux propos frivoles, et qui font rire.

— Tout en étant indulgent quand il s'agit du beau sexe, repartit lord Brandolin, il ne s'ensuit pas que j'aime les femmes coquettes. Le fait de les voir prodiguer à tous leurs sourires blesse plutôt qu'il ne flatte l'amour-propre de chacun.

— Je me rappelle qu'il y a deux ans....

— De grâce, chère lady Usk, ne remontez pas aux temps préhistoriques; rien n'est aussi désagréable que de penser à ce que nous aimions l'an passé.

— C'était lady Leamington qui vous plaisait alors! » s'écrie le terrible Baby.

Brandolin l'enlève et, d'un tour de main, l'assied sur son épaule, en s'écriant ;

« Quel petit monstre précoce! Que serez-vous à vingt ans?

— On songe avec effroi à ce que deviendra Baby, dit la mère avec placidité.

— Qui donc est cette Mme Sabaroff? demande de nouveau Brandolin, avec une certaine curiosité.

— Une princesse, une filleule de l'empereur; quand elle porte ses diamants, elle est d'une beauté resplendissante; son père était un prince karoume; son mari occupait je ne sais quel rang très élevé à la cour.

— Vous en parlez comme s'il était en disgrâce ou mort! répliqua Brandolin.

— Il est mort et enterré, heureusement pour elle! s'écria Dodo.

— Oh! la petite masque! riposta Brandolin. Si je vous épouse, dans quatre ans, il faudra donc que je me tue pour me faire aimer de vous?

— Je vous plaindrais si vous deviez épouser Dodo. Elle n'a d'affection que pour son chien, » dit à son tour lady Usk.

Cette réflexion fait sourire l'enfant; elle ne déteste pas de s'entendre appeler sans-cœur; elle trouve que c'est *chic* et que cela lui donne l'air d'une demoiselle! Elle aura une larme pour un chien qui s'est cassé la patte, pour un cheval que l'on bat, pour un oiseau qui meurt; mais pour ses semblables elle est d'airain! comme dit Boum.

« Un jour viendra cependant où quelqu'un supplantera son épagneul dans le cœur de

Dodo, reprend lord Brandolin; mais je suis trop vieux et pas assez riche pour être cet heureux mortel, car il lui faudra un Adonis doublé d'un Crésus. »

Elle sourit, en montrant ses jolies dents blanches. Dodo aime à rire et à *flirter* avec les amis de son père. Elle se trouve déjà vieille. Dans quatre ans, sa mère la présentera dans le monde; elle entend se marier immédiatement après. Brandolin, la raquette à la main, demande :

« Quel jour attendez-vous cette divinité russe? cette princesse qui, des nuages, fait tomber des poneys et des turquoises?

— Dans trois jours.

— Alors, je crains de ne pas la voir.

— Puisque vous voilà, nous entendons vous garder au moins un mois, reprend la châtelaine.

— Vous êtes bien bonne! mais j'ai tant d'autres engagements!

— Les engagements, mon cher ami, sont faits pour être rompus. Georges ne vous laissera certes pas partir.

— Non, non! s'écrie Baby en le tirant du filet ; je vous conduirai dans mon drosky avec mes poneys.

— Bien volontiers ; quand on a, comme moi, affronté tous les périls, on ne s'effraye de rien. »

Le nouvel arrivé est adoré des enfants ; il passe tous les ans plusieurs semaines à Surrenden ; il ne se rappelle pas quand il y est venu pour la première fois. Le père de lord Usk était le parrain et le tuteur de lord Brandolin.

Celui-ci, resté orphelin de bonne heure, avait une fortune exiguë, mais suffisante cependant pour conserver son château de Saint-Hubert libre de toute hypothèque. Ayant la passion des voyages, il entreprit d'aller partout où peut passer un cheval ou un dromadaire, un canot ou un yacht. Le récit de ses aventures, publié à son retour, sut plaire (*mirabile dictu*) aux savants et aux ignorants. Ses succès littéraires ne furent pas uniquement des succès de salon et de club. Ses récits, émaillés de traits vifs et de grâces naturelles, fournissaient aux érudits de précieux détails d'ethnologie et d'archéologie.

On lui avait connu plusieurs passions, lesquelles n'avaient fait sur lui qu'une impression
éphémère. Sentait-il le poids d'une chaîne, il
partait pour l'Asie centrale ou le pôle Sud. Les
papillons écrasés sous ses roues, papillons aux
couleurs changeantes, loin d'en mourir, n'en
volaient que mieux ailleurs. Lord Brandolin cependant n'est dur ni avec les hommes, ni avec
les femmes. La chaleur, la sincérité de sa nature communicative, le rendent cher à tous ses
amis. Ses amitiés sont plus solides que ses
amours. Bref, il est aussi heureux que peut
l'être un mortel dans ce bas monde, où la loi
commune est la souffrance et la contradiction.

« Parbleu! lui dit un jour lord Usk, ce n'est
pas étonnant de trouver l'existence bonne,
quand on a, comme vous, un estomac d'autruche.

— Mon secret pour la trouver telle, croyez-
moi, mon cher Georges, tient surtout à ceci :
c'est que j'ai encore faim quand je sors de
table.

— La belle affaire! Moi, mon cher, je n'ai

pas même faim quand je m'assieds à table. »

Dans un de ses ouvrages, Brandolin ayant affirmé ses principes en disant : « A mon avis, nous mangeons cinq fois trop; si un Arabe peut chevaucher, se battre, tuer des lions et exterminer des Français, en n'absorbant qu'une poignée de riz par jour, pourquoi ne ferions-nous pas comme lui? » lord Usk écrivit en marge : « Pourquoi le ferions-nous? »

Cette annotation, étant tombée un jour sous les yeux de Brandolin, à son tour il écrivit au crayon : « Pour nous mettre en garde contre la dyspepsie et nous préserver des médecins, qui nous donnent des mots pour des raisons et des conseils pour de l'argent. »

Tout en reconnaissant la justesse de l'observation, lord Usk trouvait le sacrifice au-dessus de ses forces.

III

On aurait tort de supposer un instant que les invités de Surrenden ne font pas partie de la haute société anglaise. Non seulement ils vont au lever de la reine, chose qui ne signifie rien, mais ils sont invités aux bals et aux concerts de la cour, ce qui signifie beaucoup. Ils marchent à la tête du mouvement qui est en train de s'opérer dans le caractère, le goût et les mœurs de la Grande-Bretagne. Commençons par nous occuper du beau sexe.

Mme Curson est peut-être un peu légère; toutefois ce n'est que de l'étourderie sans préméditation ; lady Dawlish fait de temps en temps parler d'elle, mais c'est à cause de ses dettes et des scènes qui en résultent entre elle et son mari. A ces deux exceptions près, toutes les invitées de Dorothée Usk sont aussi inattaquables sur leur piédestal que si elles étaient des statues de la chasteté. Si leurs adorateurs sont invités partout où elles vont, c'est une attention délicate de la maîtresse de maison; non seulement elle a soin de faire enlever tous les soirs des chambres à coucher les bouquets qu'on y a déposés le matin, mais encore d'envoyer à chacun les romans en vogue.

Il y a nombreuse société au château; on pourrait même dire qu'elle est mélangée, si tous les éléments n'en étaient homogènes.

Maintenant, occupons-nous du sexe fort. M. Wootton se croit destiné à remplir, à la fin du dix-neuvième siècle, le rôle que Charles Greville y a joué au commencement. Lord Wanston, homme agréable, excentrique, maladif, mécontent, aurait pu être quelqu'un, n'étaient son indolence et sa mauvaise santé. Le duc de Witby, joli garçon, bon enfant et un peu timide. « Si je possédais toutes les richesses de cet imbécile, je ferais la pluie et le beau temps, » pensait Ormond. Celui-ci est un des membres les plus diserts du Parlement; à cela il préfère encore être le membre le plus brillant du club Marlborough. Lord Iona, beau, ténébreux, est recherché par les femmes. Hugo Montjoie, charmant officier des gardes, ayant une grosse fortune, se croit obligé de faire quelque chose, sans en être toutefois bien convaincu. Laurence Hamilton, est un modèle d'élégance, autant qu'il est possible, à une époque où les hommes sont vêtus plutôt qu'habillés. Adolphe Beaumanoir, ex-diplomate, admirablement conservé, est loquace et vert galant, bien qu'il ait soixante-dix ans. Chacun de ces heureux ou malheureux mortels est invité avec la femme dont on suppose qu'il est l'adorateur. C'est précisément ce genre de condescendance que lord Usk reproche si amèrement à sa femme. Malgré cela, il serait aussi ennuyé que surpris, si elle se refusait à inviter lady Waverley. Il n'existe heureusement aucune

loi qui nous oblige à être conséquents avec
nous-mêmes. Miséricorde ! où en serait-on, s'il
en était ainsi ? Lady Dodgeby, à en croire la
chronique, est indispensable au bonheur de
lord Witby. On dit encore que la taille de guêpe
de cette élégante est le résultat des combinaisons savantes de sa couturière. Lord Wanston
partirait dare dare, s'il n'était sûr de trouver à
Surrenden une certaine comtesse de la légation
autrichienne. M. Wootton serait incapable, croit-
on, de dire un bon mot et de raconter une anecdote, s'il n'était inspiré par les beaux yeux de
lady Faversham, ravissante brune, pour laquelle
Worth cherche à harmoniser les tons rose et or,
ambre et violet, orange foncé et noir, et un certain jaune du Japon que seule elle ose affronter.
Mme Curson est l'Égérie momentanée de Laurence Hamilton ; si lord Iona a jamais entr'ouvert la bouche pour exprimer un sentiment sérieux, c'est en jurant à Mme de Caillac qu'il est
son esclave ; sir Adolphe protège de son affection quasi paternelle l'extravagante lady Dolie ;
par contre, le jeune Hugo Montjoie trouve le

même genre de protection en lady Arthur Audley, femme d'esprit et d'expérience.

« J'aime que l'on s'amuse chez moi, » dit
lady Usk, sans y regarder de plus près. Quant
à la vie privée de ses amis, elle est censée
l'ignorer, tout en sachant mieux que personne
que lord Iona ne viendrait pas à Surrenden, si
la marquise de Caillac n'y était invitée ; que
Laurence Hamilton ne s'y montrerait pas davantage, si Mme Curson ne s'y transportait avec
armes et bagages, ses femmes de chambre, ses
belles émeraudes et ses merveilleux éventails.
Hormis lord Usk, personne n'est assez mal avisé
pour dire à Dorothée qu'elle sait parfaitement
de quoi il retourne. Si jamais un de ses hôtes
commettait l'insigne sottise de faire causer
de lui dans les gazettes, elle lui tournerait le
dos aussitôt, et en paraîtrait plus surprise que
n'importe qui. Au demeurant, c'est une femme
d'une conduite irréprochable, capable même
d'amitié et plus sincère que beaucoup d'autres.
Mais c'est, avant tout, une châtelaine de notre
époque de décadence : elle connaît son Londres

sur le bout du doigt et fait à la société toutes
les concessions possibles et imaginables, en disant qu'il faut hurler avec les loups et chanter
avec les fous. Notre génération est si coulante !

Tous les jeunes invités de lady Usk sont
copurchics, tirés à quatre épingles, rasés,
tondus, petits de traits, petits de taille, raides,
pâles, insignifiants, polis, méticuleux, scepti-
ques, amusants parfois, originaux jamais; parlant volontiers de leur santé, de leurs nerfs, de
leur médecin et du climat; ils partent pour le
Midi comme les hirondelles, sans avoir d'ailleurs aucune autre ressemblance avec ces charmants oiseaux. Convaincus que l'Angleterre est
à la veille de sa ruine, ils en causent avec la
même insouciance que d'une cigarette prête à
s'éteindre. A les entendre, le Trône, l'Église,
la Chambre haute et les trente-neuf articles
s'effondreront bientôt; mais cela ne les empêche
pas de se préoccuper de leur santé et de leur
coiffure. Ils n'ont pas l'air de se douter qu'à
notre époque de renouvellement total les
grandes chasses de leurs pères, le tir aux

pigeons, l'*absentéisme*, le *clubisme*, le goût de
tout ce qui est d'importation étrangère, préci-
pitent la catastrophe. Tandis qu'ils sont à flirter
à Aix ou à Nice, à passer le carnaval à Rome, à
perdre sur la rouge ou la noire à Monaco, à
visiter la Californie, à bâiller à Berlin, les agents
de la démocratie infiltrent chez les convoiteux
le poison de l'envie, tout en leur versant de
la bière couleur d'ambre dans l'auberge du
village. Mais les jeunes aristocrates anglais
n'en ont cure. Si quelqu'un se permet de leur
faire des observations à ce sujet, ils lui répondent, d'un air ébaubi : « Notre climat est
odieux, personne ne le peut supporter ; autant
mourir que de vivre à la campagne. » Avec cela,
ces jeunes écervelés s'étonnent de voir aujour-
d'hui Joseph Chamberlain à cette même tribune
qu'occupait naguère sir Roger de Coverley ou
Edmond Burke. Quand lord Usk songe à cette
jeunesse vermoulue, qu'il mettrait volontiers
à la porte de chez lui, il s'écrie :

« Cristi ! les jeunes gens du temps de
Georges IV étaient au moins des hommes !

4

— Vous êtes trop sévère pour les fils de la vieille Angleterre, répond Brandolin ; nonobstant leur frivolité et leur étourderie, ils se montrent dignes de leurs ancêtres, quand il s'agit de défendre la patrie, sous un soleil brûlant et meurtrier.

— Soit ! mais à condition de laisser leurs préoccupations hygiéniques à leur club et leur système nerveux au fond de leur boîte à chapeau. »

Boum, arrivé le matin de chez ses cousins du Suffolk, se tient en ce moment près de son père. Celui-ci, se tournant vers son fils, lui dit :

« Mon fils, si vous aviez le malheur de jamais ressembler à l'un de ces petits crevés, je vous enverrais une balle dans la tête. »

A ces mots, Boum part d'un éclat de rire bruyant. C'est un charmant garçon, intelligent, original, déterminé, qui n'a rien d'un gommeux. Il professe un véritable culte pour le général Gordon. Comment, se dit-il, le pays, qui n'est pas riche en héros, a-t-il pu trahir ainsi le défenseur de Kartoum ? Pour compenser l'indifférence qu'on lui avait témoignée de son vivant il est vrai de dire qu'on l'a honoré après sa mort ; espérons que les jeunes Anglais continueront à s'inspirer de son glorieux exemple ! Cette grande figure isolée, qui se détache en vigueur sur la lumière d'or du désert, sera peut-être le phare qui préservera l'Angleterre de sombrer dans le naufrage qui la menace.

« Je crains que si, un jour, Chamberlain et Cᵗᵉ laissent à nos fils et à nos neveux la direction des affaires (chose peu probable), l'Angleterre ne soit plus alors ce qu'elle était du temps de nos aïeux, dit à son tour Brandolin.

— Les exigences de la jeunesse actuelle, répondit lord Usk, ont amené progressivement cet état de choses. Voyez ! ces messieurs ne se contentent plus d'un seul cheval pour la chasse à courre, ils en veulent au moins deux ; en outre, il leur faut des rabatteurs pour la chasse à tir.

— Vous confondez, mon cher Georges, la cause avec l'effet ; les exigences du luxe sont les fruits de la décadence de notre époque, tout comme les pâtés de langues de rossignol étaient la preuve de la décadence des Romains; les Huns et les Goths frappaient alors à leur porte, comme frappent aujourd'hui à la nôtre la démocratie et la révolution. L'histoire se répète, chose lamentable, car ce que l'on entend souvent devient fastidieux. Je me demande aussi pourquoi les jeunes filles sont plus grandes et plus fortes qu'autrefois, et les jeunes gens plus petits et plus frêles; leurs nerfs sont aussi distendus que ceux d'une vieille fille. Ce ne sont plus que des cacochymes. Or, si cette différence continue à s'accentuer, les femmes useront non seulement du droit de voter, mais elles porteront au scrutin leurs maris sur leurs solides épaules. »

Boum qui était fort en histoire, et qui saisissait toutes les occasions de le montrer, répondit vivement :

« C'est de cette façon que les Françaises firent sortir leur maris d'une ville assiégée et à la veille de se rendre.

— Ce ne sera certes pas de son mari que

l'Anglaise de l'avenir se préoccupera, répliqua
Brandolin.

— Mais, au fait, y aura-t-il encore des maris,
quand les femmes feront les lois? demanda
Boum.

— Non, probablement, répondit Brandolins
Quel paradis terrestre vous attend, jeune
homme, alors que vous nous aurez tous vu descendre dans la tombe nous et nos préjugés!

— En ce temps-là, reprit lord Usk d'un ton
bourru, Boum sera terrassier dans la Nouvelle-
Guinée, car on aura réalisé alors la théorie du
free land dans toute sa hideur.

— C'est possible! » répondit Brandolin.

Boum écoute, le regard fixé sur les belles
pelouses et les beaux bois de Surrenden; soudain son visage s'assombrit :

« Non..., cent fois non! on ne prendra
pas nos terres sans que nous les défendions,
dit-il.

— En tout cas, la lutte sera terrible, reprend
Brandolin. M. Gladstone verra cela, et plus vite
qu'on ne le croit généralement.

— Eh bien! on peut compter sur moi, »
riposte Boum.

Son père et Brandolin gardent le silence, tout
en contemplant avec émotion le brave jeune
homme debout devant eux et dont les yeux
bleu clair sont éclairés par un vif rayon de
soleil. Boum réfléchit à l'avenir troublé qui
l'attend sur le sol ébranlé par les idées sub-
versives de la démocratie. Ciel! qui pourrait
dire ce que ce jeune aristocrate anglais sera
appelé à voir! Ah! combien sera triste le jour
où il ne restera plus que le souvenir de ces
beaux châteaux et de ces arbres séculaires,
sapés par la hache révolutionnaire.

Lord Brandolin, prenant Boum par le bras,
l'entraîne dans une allée bordée de conifères
et dit :

« Bravo! mon ami, bravo! vous avez bien
raison de résister au courant des idées nouvelles; il est plus difficile qu'on ne pense de
remonter le courant. A vous parler franc, mon
cher Boum, je crains que l'avenir ne soit aux
gommeux. Après tout, c'est un animal plus

inoffensif qu'on ne pense, il n'est pas corrompu jusqu'aux moelles; ce qui lui manque le plus, c'est le caractère. De notre temps, on a honte de paraître vertueux, et on étale ses vices sans scrupule. Dispensez-vous, je vous en prie, de parler argot, steeple-chase, rally-paper, course plate, handicap, etc. Le sport a du bon, mais pas trop n'en faut. Notez bien que je fais une grande différence entre un bon propriétaire arpentent du matin au soir, suivi de deux bassets, ses champs de navets, et lord Newgold expédiant aux quatre coins du comté des bourriches bondées de grouses et de coqs de bruyère. M. Bradlaugh n'a pas plus le droit de toucher à nos bois que nous n'avons celui de critiquer ses souliers ou de menacer sa tête. Mais je déplore qu'on dépense tant d'argent pour la chasse et qu'on enlève à nos bois nombre de membres utiles de la gent emplumée. Quand je vois un oiseau pris au piège, je me dis que si, un jour, nous tombons à notre tour dans les fausses trappes de l'anarchie, ce ne sera qu'une *réparation partielle d'une injustice pa-*

tente. Mais, bah! les oiseaux ne gagneraient
rien à ce que nous fussions incarcérés, non
pour le délit d'*escroquerie*, mais pour celui de
propriété! M. Bradlaugh serait toujours là pour
niveler la retraite feuillue des hôtes de nos
bois, avec une herse à vapeur venue de Chi-
cago. »

IV

Que le pays aille ou non à la dérive, le château de Surrenden n'en est pas moins rempli
d'hôtes très gais, couples temporaires qui rou-
coulent plus ou moins agréablement, pendant
que l'associé légitime se divertit, soit à chasser
en Écosse, soit aux stations thermales en Allemagne, soit en yacht dans le détroit, soit enfin
en villégiature sur le continent. Lord Usk tient
cet état de choses pour immoral, alors que lui-
même n'est rien moins que moral. Sa femme
est persuadée que pas un de ses invités ne
donne prise à la moindre médisance ; quant à

elle, sa conduite est au-dessus de tout soupçon.

« Le monde n'est que contradictions, se dit Brandolin ; lord Usk se permet ce qu'il blâme chez les autres, et sa femme, qui n'a jamais bronché, transforme sa maison en un *Agape-mone* pour plaire à ses amis. Aux yeux des purs, tout est pur ! Mais si les purs tolèrent Mme Curson et Mme Dawlish, je choisirai ma femme, si jamais je me marie, parmi les jolies impures. » Voilà ce qu'il pense tout bas. Tout haut il parle autrement. « Cette chère lady Usk, se dit-il encore, ne demande qu'à être agréable à ses invités. Qui de nous peut se flatter de n'avoir un jour besoin d'indulgence ? »

Les principes de lord Brandolin sont des plus élastiques, comme il convient du reste à un homme du monde ; ses amis trouvent même qu'ils le sont trop. Toutefois, dans son for intérieur, il blâme les femmes d'être si peu regardantes sur la question des principes. Il lui déplaît souverainement que les honnêtes femmes prennent le genre de celles qui ne le sont pas. Cela jure à ses yeux comme de porter des mules doublées de vair avec un manteau de cour. Ce sentiment provient du respect des convenances inné chez l'Anglais ; au fond, lord Brandolin est le moins formaliste des hommes : il scandalise son comté, ses connaissances et son évêque. Ayant vécu tantôt chez les Arabes, tantôt avec des artistes français, tantôt au milieu des sauvages dans les forêts vierges, il s'imagine qu'il n'y a plus chez lui trace de préjugés. Illusion ! Une femme qui manque de tenue le révolte, scrupule absurde au temps où nous vivons et dont il est gêné lui-même !

Lady Usk n'admettait pas le système des séries d'invités pour deux ou trois jours seulement. Les hôtes d'un château doivent être traités autrement que les allants et venants d'une auberge.

Au surplus, la manière dont elle compose ses listes, fait que l'on s'estime heureux de pouvoir passer deux ou trois semaines sous son toit, soit qu'il s'agisse des châteaux d'Orme, de Denton ou de Surrenden. Ce dernier séjour est encore le plus apprécié de tous : « C'est une maison idéale, » pense Brandolin, qui ne resterait pas vingt-quatre heures chez lord Usk, si on n'y était libre comme l'air !

« Palsembleu ! quel auberge que notre maison ! se dit le châtelain. Aujourd'hui, l'appel de la cloche, à l'heure des repas, n'est plus un signe de ralliement ; chacun arrive quand bon lui semble. Vertu de ma vie ! je me rappelle qu'au temps de ma mère il fallait être réuni dans la salle à manger au coup de neuf heures ; puis tout le monde, sans exception, assistait à l'office du dimanche, que cela lui agréât ou non. Ce jour-là, les villageois faisaient la haie pour voir passer le châtelain, suivi de sa maison. Maintenant, c'est à peine si Dorothée peut décider l'une de ses amies à l'accompagner au prêche. Le temps dont je parle n'est pourtant pas si éloigné de nous.

— Que voulez-vous, mon cher Georges ! c'est, dit-on, l'une des conséquences du progrès ; ni le bon Dieu, ni les grands seigneurs n'y peuvent rien, repartit Brandolin.

— A mon avis, cet état de choses est désastreux, reprend lord Usk, en poussant un bruyant soupir. Autrefois, l'on était plus heureux et plus gai; la vérité, c'est qu'aujourd'hui on se bat les flancs pour s'amuser.

— A qui en avez-vous? N'êtes-vous pas libre d'aller dormir au sermon? réplique lord Brandolin. Laurence y va uniquement pour admirer le profil de Mme Curson quand elle chante. Je reconnais qu'elle est charmante. Pour les Anglaises, le service du dimanche tient lieu de la confession pour les femmes catholiques; cela équivaut au blanchissage du linge à la fin de la semaine. C'est commode plutôt que logique.

— Que vous êtes irréligieux! reprend lord Usk, qui se montre très orthodoxe quand l'orthodoxie ne le gêne en rien.

— Moi! pas plus que la plupart des hommes. J'élevais souvent mon âme à Dieu quand j'étais seul dans les savanes; j'avoue qu'il n'en est pas de même quand, assis le dimanche dans un banc recouvert de velours rouge, j'entends un pasteur qui fait rage contre la perversité universelle, dit lord Brandolin.

— Nous n'en sommes pas moins obligés à donner l'exemple, réplique le châtelain.

— Vous bâillez en public, et vous appelez cela donner l'exemple ?

— Soit ; mais cela ne signifie rien ! » répond lord Usk brusquement, car il croit accomplir un acte exemplaire, patriotique et patriarcal, en se levant une heure plus tôt que d'habitude un dimanche sur trois, en mettant un chapeau à haute forme, une redingote et une paire de gants neufs pour assister à l'office.

Après tout, quel mal y a-t-il à dormir au sermon ? Grâce aux rideaux de son banc, le châtelain est caché aux regards de tous, hormis à ceux de messire Baby, qui prend un plaisir extrême à attraper des mouches et à les relâcher ensuite sous le nez de son père.

Si on demandait à l'enfant une définition du dimanche, il dirait : « C'est un ennui qui a son plaisir. »

Comme l'Anglais a le respect des traditions ! se dit Brandolin, et il se rappelle à ce sujet une citation de Carlyle, à la fois originale et probante : « Si suranné et si incommode que soit l'usage du gig, on s'opiniâtre quand même, en Angleterre, à s'en servir. On s'attache à l'extérieur, à l'épiderme, à l'apparence, à la coque, et cela suffit. » Voilà pourquoi et comment lord Usk, en mettant son chapeau tuyau de poêle pour aller à l'office, en usant son pantalon sur l'agenouilloir, s'imagine défendre l'Église et l'État.

V

Quelques nouveaux invités venus dans le break ont fait leur apparition au lunch; d'autres, arrivés par le train de cinq heures, ont pris part au thé de six heures, servi chaque jour dans la bibliothèque, bien qu'on dîne à sept heures. On voit par là combien on est loin de mettre en pratique les principes de sobriété de lord Brandolin, qui, à l'inverse de tant d'autres professeurs, prêche d'exemple.

Au nombre des gens arrivés par le dernier train, sont M. Wootton, convive fort recherché,

5

et lady Vansistart, laquelle passe pour avoir la meilleure table de Londres.

« Bonté divine! que deviendraient ces deux personnages si l'on adoptait le régime du pilau, préconisé par vous? dit lord Usk à son ami Brandolin.

— Je prétends que la bonne chère alourdit l'esprit, répond celui-ci; outre les repas sérieux, ce ne sont que lunchs et *five o'clock teas,* sans parler des gâteaux, des sandwichs aux anchois ou au caviar, du kummel, des deux doigts de madère que les femmes trouvent moyen d'absorber tout le long du jour. Vrai, il est surprenant qu'elles ne soient pas plus couperosées; mais on sait qu'elles ont recours à tous les secrets de Vénus.

— Baste! vous ne les changerez pas! Si vous épousez une jeune fille de Formose ou du pôle Nord, aussitôt arrivée en Europe, elle se mettra au kummel et au caviar! réplique lord Usk. Voyez, par exemple, les chiens! Tant qu'ils restent au chenil, ils se contentent de leur soupe au pain noir. Mais les laisse-t-on pénétrer dans la salle à manger, ils détournent le nez d'un beefsteak s'il n'est aux truffes !

— Ce qu'une mondaine déguste de vin de Champagne, de xérès, de sherry brandy, durant le courant de ses visites, est invraisemblable, répondit Brandolin; pour mon compte, je serais tenté de ne boire que de l'eau, en voyant ce que le sexe faible peut absorber de liqueurs fortes.

— Alors Mme Sabaroff vous plaira sûrement, car elle ne prend que du thé, répond lord Usk.

— A la bonne heure! je me déclare prêt à l'adorer. Mais, dites-moi, qui est cette merveille?

— Ma foi! quand il s'agit de la biographie des étrangères, adressez-vous à ma femme. Leurs noms baroques ne peuvent même m'entrer dans la tête.

— Étrangères! Quelle expression! reprend à son tour lady Usk, d'un ton dédaigneux. Ignorez-vous donc que la vapeur a détruit les frontières? Il n'y a que les insulaires pour se servir de ce mot. On ne s'inquiète pas plus, à l'heure qu'il est, des nationalités que des neiges d'antan. »

La châtelaine ressent une amitié particulière pour Xenia Sabaroff. Elle a, du reste, une sympathie réelle pour toutes les femmes qui rendent le séjour de Surrenden agréable.

Lord Brandolin répond :

« A défaut d'autre chose, il reste encore différentes espèces de tabac pour distinguer les nationalités. Un cavour n'est pas à mesurer avec un cigare de la Havane.

— Dorothée, je vous l'affirme, mon cher, repartit lord Usk, ne sait rien de rien des antécédents de la princesse Sabaroff.

— Ah! mon cher ami, comment osez-vous dire cela? s'écrie lady Usk. Xenia est la nièce du grand chancelier; sa mère, une princesse Dourtzu.

— Moi, je n'appelle pas cela connaître les gens, répond lord Usk, qui entend avoir le dernier mot, comme tout mari qui discute avec sa femme. Vous l'avez rencontrée, et vous vous en êtes engouée immédiatement. Qui sait si elle

n'a pas fait envoyer une douzaine de ses adorateurs en Sibérie; qui sait même si ce n'était pas
plutôt elle qui méritait qu'on l'y envoyât? On
ne peut répondre de rien avec les étrangères.

— Quel insulaire endurci vous êtes ! reprend
sa femme. Comme s'il y avait encore des étrangères, à une époque où l'Europe ne fait qu'une
seule et même famille.

— Une famille qui, comme la plupart des
familles, n'est pas liée comme une botte
d'asperges, » murmura le châtelain.

Lady Usk, très vexée, dédaigne de répondre
à son mari. Pour se convaincre de ce qu'elle
avance, il suffit de lire le Livre d'or qu'on
appelle l'Almanach de Gotha. On y voit que les
alliances de la princesse sont de la plus belle
eau, comme ses diamants. Pour ce qui est de sa
réputation, c'est autre chose.

Convaincu que presque tous les Russes sont
des espions, s'ils ne sont des voleurs, lord
Usk, comme tous les Anglais du parti tory, est
russophobe : il se figure qu'il y a quelque chose
de louche dans le passé de Mme Sabaroff. Au

commencement du siècle, c'étaient les Français, et non les Russes, qui excitaient l'antipathie de la nation anglaise ; elle voyait en eux de lâches assassins, s'ils n'étaient des maîtres à danser. Aujourd'hui, c'est le bonnet de fourrure du tzar, et non la redingote grise du petit caporal, qui sert d'épouvantail aux Anglais. L'empereur de toutes les Russies leur inspire à la fois haine et crainte. Pour sa part, lord Usk se demande si la visite de Mme Sabaroff à Surrenden n'est pas l'avant-coureur d'un débarquement de Cosaques dans le port de Weymouth.

« Les Russes sont des flagorneurs de première classe, continue-t-il ; si l'on n'est pas sur ses gardes avec eux, ils vous font avaler des couleuvres ! Leurs actions ont généralement pour mobile un but politique caché. Loin de contester les charmes de la princesse, je la considère comme un être mystérieux, éthéré et charmant. »

L'admiration de lord Usk pour elle est cependant refroidie par la crainte qu'elle ne se moque de lui.

« Et tout cela parce qu'elle est Russe !
s'écrie Dorothée avec humeur.

— Il existe des idées préconçues au sujet de
toutes les nationalités, interrompt lord Brandolin. Elles sont généralement erronées; sur
le continent, l'Anglais passe pour être revêche,
égoïste, brutal, grincheux, d'une propreté
méticuleuse, n'ayant que mépris pour le genre
humain. C'est absurde. N'êtes-vous pas la
preuve du *suaviter in modo, fortiter in re*, dont
l'aristocrate anglais fournit le plus admirable
exemple? »

Ceci fait sourire lord Usk ; mais son rire
n'a rien de sincère. Il craint les railleries de
Brandolin, qui est loin cependant de représenter à ses yeux le type accompli de l'Anglais,
vu qu'il n'aime ni la chasse, ni les fourrures
de prix, ni les vins capiteux. En outre, il se
dispense d'assister à l'office; ses opinions
politiques se résument à croire que l'Angleterre et les autres nations courent à leur ruine
à raison de quarante kilomètres par minute et
que, à la suite d'un cataclysme, on verra surgir

un grand sabre, la démocratie finissant infail-
liblement dans l'absolutisme.

« Que de choses, grand Dieu ! à propos
d'une Russe ! dit lady Usk. C'est aussi insensé
que de prétendre que les essayeuses de chez
Worth se livrent à des conspirations politiques.

— Allons donc ! s'écrie lord Usk ; c'est, ma
foi, bien contre la fortune de votre famille
qu'elles conspirent.

— Votre observation n'est pas fondée, mon
cher Georges. Vous mêlez la question d'argent
à tout.

— Les grands couturiers du jour, comme
vous les appelez, Dorothée, ont une grosse part
dans la responsabilité de l'ébranlement social.
Les femmes sont écrasées de dettes et ne
reculent devant rien pour en faire plus encore.
Des robes à deux mille cinq cents francs chacune
font une jolie somme, au total, quand on en
change trois fois par jour.

— Si les femmes ne sont pas élégantes, leurs
maris sont les premiers à en être humiliés, fit

remarquer lady Usk. Veulent-elles économiser,
on dit qu'elles ressemblent à des paquets. Vous
n'avez pas idée du prix des choses, et vous
voudriez qu'on fût bien habillée moyennant
cinq centimes par jour. A Ascot, Boum m'a
murmuré piteusement à l'oreille : « Comment,
ma mère, vous portez le même chapeau qu'aux
dernières courses ? J'espère que mes camarades
n'en feront pas la remarque ! » Voilà le langage
qu'il tiendra sûrement plus tard à sa femme,
s'imaginant qu'on peut avoir chez Virot un
chapeau pour dix francs. Voyez un peu ma
malheureuse sœur ! Quelle vie lui fait mener
cette brute de Mersey ! Quel problème ! habiller élégamment un régiment de filles avec rien,
pour ainsi dire. Ajoutez que, si elles ne sont
pas à la dernière mode, leur père tempête et
déclare qu'il ne sortira pas avec elles ! On ne
peut rien faire sans argent, que des dettes ;
c'est aussi clair que deux et deux font quatre !
Quant aux hommes, ils semblent, en vérité,
ignorer leurs dépenses. Vous fumez dix cigares
à un franc vingt-cinq centimes par jour. Total :

douze francs cinquante, qui, multipliés par sept, reviennent à quatre-vingt-sept francs cinquante, autant dire une centaine de francs par semaine, avec ou sans les cigarettes. C'est exorbitant pour un plaisir qui, au dire des médecins, peut vous donner un cancer à la langue ou une maladie d'estomac. C'est raide! Nos toilettes du moins ne compromettent pas notre santé. De quoi le monde aurait-il l'air, si les femmes étaient mal habillées? Bref, vos cigares ne font de bien à personne; ils vous rendent seulement les dents jaunes.

— De bonne foi, le cigare est encore moins dispendieux qu'une robe de bal que l'on ne porte que deux fois, reprit lord Usk.

— Pardon; je porte les miennes trois fois, même à Londres, répond Dorothée avec le sentiment du devoir accompli; à mon sens, l'argent est fait pour être dépensé. Malheureusement, l'économie chez vous est passée à l'état d'idée fixe. Ovide, que lord Brandolin et vous citez sans cesse, déclarait, au dire de Boum, que l'argent doit être considéré comme un moyen, et non comme une fin.

— Cette citation ne se trouve pas dans Ovide.
Si c'est ainsi que Boum comprend ses classiques, il ferait tout aussi bien de se dispenser de
les lire, déclare lord Usk.

— Vous n'êtes jamais content, riposte
Dorothée.

— C'est un peu fort, réplique le châtelain.
Du reste, dans cinquante ans d'ici, personne
n'aura plus le temps de rien étudier. De nos
jours, on s'occupe avant tout de vivisection, de
microbes et de bacilles. »

Brandolin, présent à cette discussion conjugale, cherche à l'apaiser en disant :

« Les hommes de science peuvent réussir à
faire parvenir en neuf jours des lettres dans
l'Inde, mais non à y mettre l'esprit de Voltaire
ou de Mme de Sévigné.

— A ce propos, veuillez lire cette lettre que
je viens de recevoir, dit lady Usk à Brandolin.
Quoique le style n'ait rien de remarquable, elle
est tout à fait aimable et charmante. En outre, c'est
écrit en anglais très correct pour une étrangère.

— Pour une étrangère! Tiens! vous disiez, il n'y a qu'un instant, que la vapeur avait détruit les nationalités, » s'écrie lord Usk.

Lady Usk dédaigne de répondre à cette attaque indirecte. Lord Brandolin prend la lettre, mais non sans une certaine hésitation, tout en disant :

« Ainsi donc, vous m'autorisez à la lire?

— Je vous y invite même. »

Brandolin ouvre la lettre; elle est écrite sur papier moyen âge, une couronne de princesse est gravée de côté. En voici la teneur :

« Absorbée comme vous l'êtes par vos charmants enfants et par de nombreux plaisirs, c'est bien aimable à vous, chère lady Usk, de vous être souvenue d'une solitaire comme moi. Je serai chez vous mardi ou mercredi prochain, ainsi que vous avez eu la bonté de me le demander. Pour le moment, me voilà à Paris. J'arrive d'Aix, où j'ai accompagné une de mes amies, Marie Woronzoff, à qui les médecins ont prescrit la chaleur du soleil et les douches

froides. Aix est peuplé de gens agréables; on
croit à tort qu'on n'y doit rencontrer que des
malades souffrant mort et passion. La vérité,
c'est que dans cette ville d'eaux on s'amuse, on
danse et on dîne bien. Si la *pallida mors* est au
milieu de nous, du moins elle n'a rien d'ef-
frayant pour personne. La gaieté qui règne ici,
les allées ensoleillées, les chalets cachés sous la
verdure, les clochettes des troupeaux, le chalu-
meau du berger, rappellent une opérette d'Offenbach idéalisée par la lumière et l'air pur des
montagnes. Malgré tout, c'est de l'Offenbach.
Comment vont vos enfants? C'est gentil à eux de
ne m'avoir pas oubliée; à leur âge, un jour est
plus que ne le sont des mois au mien. Assurez-
les de toute mon amitié reconnaissante. Je serai
charmée de me trouver en Angleterre; bien que
je ne connaisse pas Surrenden, le souvenir que
j'ai gardé du château d'Orme me donne l'assu-
rance de trouver en vous la plus aimable et la
plus sympathique des châtelaines. Mes compliments empressés à lord Usk; j'attribue sa misan-
thropie à l'excès de biens dont le ciel l'a comblé.

Au revoir, chère lady Usk; croyez à la sincère amitié de votre affectionnée

» XENIA SABAROFF. »

— Merci, dit Brandolin. C'est vrai, cette lettre est très jolie.

— Quelle poseuse! s'écrie lord Usk.

— La princesse ne pose pas plus que vous, reprend sa femme.

— Mon cher Georges, dit Brandolin, vous êtes Anglais jusque dans la moelle des os; vous croyez que l'on ment si l'on fait un compliment; il est pourtant des gens qui voient tout en rose.

— Ils sont diablement agaçants avec leur lunettes roses, reprit le châtelain. Par exemple, si on leur dit: « Le temps est exécrable, il pleut à verse, » ils vous répondent d'un ton doucereux: « C'est vrai; mais on avait si grand besoin de pluie, qu'il faut en être reconnaissant. » Ma parole d'honneur, c'est à mettre en colère tous les saints du paradis.

— Vous n'êtes pas un saint, réplique lord

Brandolin, mais vous ne vous mettez pas moins en colère à la moindre contrariété. La réponse que vous venez de citer est digne d'un philosophe; malheureusement, notre affreux climat met souvent à l'épreuve notre philosophie. S'il pleuvait seulement lorsque les récoltes ont besoin d'eau, les plus égoïstes n'oseraient s'en plaindre. »

Au même instant, la pluie fouette les vitraux des fenêtres, elle balaye les pelouses, courbe les branches et inonde les terrasses des jardins. La physionomie de lord Usk se rembrunit.

« Faire de l'ensilage, c'est bien, dit-il; mais quant au blé atteint de la rouille et aux faisans ayant la pépie, il n'y a pas de remède. Que deviendrions-nous, je vous le demande, si nous étions menacés d'un blocus, ou si une guerre universelle interceptait l'importation des blés étrangers? Nous voyez-vous réduits à manger du bœuf et du mouton sans pain?

— Pour mon compte, en agriculture je ne connais que les prairies, dit Brandolin. Du moment que, en Angleterre, la production

est inférieure à la consommation, la question du pittoresque peut primer toutes les autres raisons. Je ne connais rien de plus charmant que le tableau suivant de l'Angleterre,
tracé par M. Laveleye : « L'Angleterre rede-
viendra ce qu'elle était sous les Tudors, un
grand parc vert, parsemé d'ormes et de
chênes, où bœufs et moutons se promèneront
dans des prairies sans limites. »

— Sans limites ! répète lord Usk. Voilà qui
est incompatible avec l'idée du morcellement
de la propriété.

— Je doute que M. Laveleye partage cette
idée, bien qu'il soit professeur d'économie
politique, dit Brandolin.

— L'économie politique, riposte le châtelain,
quelle blague ! C'est la ruine pour tous, quelques grands manufacturiers exceptés.

— Les manufacturiers ! Voilà le résultat de
deux mille ans de christianisme et de civilisation. Il n'y a pas là de quoi être bien fiers ! »
dit Brandolin en prenant dans la bibliothèque
un volume de *Mémoires du dix-huitième siècle.*

Puis, sans le moindre respect pour ceux-ci et pour les manufacturiers, il demande :

« Est-elle réellement aussi belle que vos enfants le disent?

— Qui ça? s'écrie lord Usk. Ah ! la princesse russe ! Oui, elle est d'une beauté remarquable ; chez nous, à Pâques, elle a fait tourner toutes les têtes.

— Elle a donc des adorateurs plus âgés que Baby ? reprend lord Brandolin.

— Si elle en a, elle les a laissés en Russie.

— C'est plus commode ! dit lord Brandolin. L'Italie et la Russie sont les seuls pays où les femmes puissent exercer encore leurs maléfices sans trop faire scandale.

— Je ne la crois pas des plus corrompues, dit lord Usk, mais on ne peut jamais savoir...

— On ne peut jamais savoir, lorsqu'on ne raisonne que par hypothèse, » dit Brandolin, qui désirerait évidemment faire la connaissance de la grande dame russe.

Tout en aimant beaucoup le château, les châtelains et les invités de Surrenden, il s'y

6

trouve un peu isolé. Les hôtes de lady Usk
semblent s'entendre à merveille, et il n'a garde
de vouloir être un trouble-fête. Aucune de ces
dames n'excite ses sympathies; il ne peut en
bonne conscience se laisser monopoliser par
les enfants. D'abord, ils ne sont pas toujours
là. Dans ces conditions, la vie deviendrait vite
ennuyeuse, même pour quelqu'un qui, plus
que beaucoup d'autres, a le goût des auteurs
classiques.

On était alors dans le boudoir de lady Usk.
Un peu plus tard, on passa dans la bibliothèque.
Les femmes causaient entre elles de Xenia Sabaroff; pour Brandolin, il était clair que toutes
redoutaient l'arrivée de la belle Moscovite.

« La princesse est-elle réellement aussi belle
qu'on le prétend? demande Brandolin à
Mme Curson.

— Oui, répond celle-ci à contre-cœur. Elle est
jolie, mais trop pâle; ses yeux sont beaux, mais
démesurément grands. Les femmes russes sont
des paquets de nerfs. Elles s'enferment chez
elles pour fumer toute la journée. Elles réu-

nissent en elles les défauts de l'Orientale et de la Parisienne..

— C'est beaucoup dire, reprend Brandolin. Jusqu'ici, je n'ai connu qu'une Russe, la princesse Kraskawa. Elle allait en traîneau par tous les temps, portait une des plus singulières perruques filasse qu'on puisse imaginer, et se promenait suivie de ses petits-enfants, dont le nombre était légion. La princesse Kraskawa avait été longtemps ambassadrice à Londres.

— A coup sûr, il y a des exceptions; les femmes russes sont généralement dépravées, joueuses, maladives, et morphinomanes par-dessus le marché.

— Les perfections physiques et morales des Anglaises, chère lady Usk, expliquent le peu d'indulgence qu'elles ont pour les autres femmes, dit Brandolin.

— Vous vous moquez, repartit Mme Curson. A vrai dire, nous redoutons moins que les Russes l'air extérieur et nous ne chauffons pas à l'excès nos appartements; nous ne nous ruinons pas au jeu; nous ne sommes pas polyglottes

comme elles, qui parlent toutes les langues du
monde plus ou moins correctement. »

« Décidément, se dit Brandolin, Laurence
Hamilton a dû se montrer trop grand admira-
teur de Mme Sabaroff. »

Puis il reprit tout haut :

« La princesse est veuve, n'est-il pas vrai?
Quand on revient dans son pays après une
année d'absence, on ne sait rien de rien. Il ne
faut pas tant de temps pour modifier la carte
de l'Europe.

— Sabaroff a été tué, il y a quatre ans,
dans un duel, à propos de la princesse, dit
Mme Curson.

— Heureuse femme! se débarrasser d'un
mari dans des circonstances pareilles, c'est le
comble du bonheur!

— Hum! cela lui a valu d'être exilée de la
cour.

— Dès qu'une Russe fait parler d'elle, on la
renvoie dans son château, comme on relègue
les enfants indociles dans la *nursery*.

— Elle s'était donc compromise?

— Oui, très sérieusement. Ce duel a eu pour résultat la mort des deux combattants; l'adversaire de Sabaroff, blessé par celui-ci, faisant un dernier effort, le tua, et expira un instant après.

— Quel beau drame! Comment s'appelait l'adversaire du prince?

— Le comte Lustoff, colonel des gardes. Il me surprend que vous ne sachiez rien de cette affaire. Elle a eu pourtant un grand retentissement.

— Quand on ne connaît pas les gens dont on entend parler, ni duel, ni massacre, fût-ce même le massacre des innocents, ne font impression sur nous. Vous dites donc que la princesse a été exilée de la cour?

— Oui, on a voulu faire un exemple. En Angleterre, malheureusement, on ne peut procéder ainsi, vu l'exiguïté des propriétés privées et le voisinage des lignes ferrées. Mais il faut reconnaître que le moyen le plus sûr et le plus efficace pour relever le niveau social serait de nous condamner à vivre dans la solitude, afin d'y faire de sérieuses et solides réflexions. Mais combien Londres serait triste, privé par là du plus beau fleuron de sa couronne !

— Vous croyez donc que le nombre des exilées serait très considérable?

— Assurément, répond Mme Curson.

— Alors, chère madame, adieu les *garden parties* de Marlborough House. »

A tout prendre, cette mesure de rigueur n'irait pas à Mme Curson, dont la beauté y fait toujours sensation.

« Pourquoi diable, se demande Brandolin, cette femme dénigre-t-elle ainsi la princesse? En somme, l'opinion de Mme Curson m'inspire moins de confiance que celle du Baby. »

Il regarde la photographie de Xenia Sabaroff, placée sur une table dans le boudoir. Il est encore sous l'impression agréable de la lettre qu'il vient de lire. Il se dit que, après tout, Lustoff et Sabaroff méritaient probablement leur sort. La princesse peut s'être volontairement éloignée de la cour; il se sent pris d'un vague sentiment de sympathie pour la belle

étrangère. Ce ne serait pas d'ailleurs la première fois qu'une inconnue dont il entend vanter la beauté, les mérites et le charme, lui inspire de l'amour. Mais, de peur qu'elle ne
réponde pas à son idéal, il se contente du rêve.
C'est un homme d'imagination, qui aime à
écouter les doux propos de la folle du logis.
L'expérience qu'il a déjà des gens et des choses
n'a émoussé ni son cœur ni son esprit. Il y a en
lui du Montrose et du lord Surrey.

« Voilà donc ce que l'on sait et ce que l'on
dit de la princesse, pense-t-il avant de passer son
frac pour le dîner. Si cette bécasse de Nina Curson eût eu quelques égards pour son mari, rien
n'eût été plus facile à elle que de se l'attacher.
A peine mariée depuis huit jours, elle com-
mença à le tarabuster, à l'agacer, à le faire écla-
ter, comme elle dit. Malheureusement pour lui,
Frédéric Curson manquait de caractère et d'argent. La cruauté des femmes dépasse quelque-
fois tout ce qu'on peut imaginer. Aussi cupide
que coquette, Nina a plus d'intrigues qu'aucune
autre et plus d'amants que personne. Le vieux

Metton lui a donné l'hôtel de Parc lane ; Clamo-
geron ses émeraudes ; Dastermore l'a bel et
bien mise à flot pour dix ans ; Riverston lui a
offert chevaux et voitures ; à cette écervelée, il
faut de l'argent à tout prix. Si elle s'est éprise
de Laurence Hamilton, c'est parce que, en vieil-
lissant, elle devient jalouse. Quand on pense que
cette femme juge les Russes à la rigueur ! C'est
à faire dresser les cheveux ! »

En attendant le second coup de gong, Brandolin jette son cigare et se remet aux mains de
son valet de chambre.

VI

A Surrenden, les chambres d'amis offrent
tout le confort possible. Pour en donner une
idée, nous dirons que chaque matin on y distri-
bue les derniers télégrammes reçus à Londres.

« C'est bon pour les politiciens, se dit lord
Brandolin. Quant à moi, je ne tiens pas à être si
bien renseigné. Savoir qu'il y a une révolution
en Patagonie, ou un tremblement de terre
en Bolivie, ne trouble pas ma digestion; par
contre, je n'en dîne pas mieux si j'apprends
les nouvelles épurations préfectorales du gouvernement français. Ces bribes de nouvelles

qu'on discute et commente à table enlèvent,
suivant moi, tout charme à la conversation. »

En effet, lord Brandolin est un homme aimable et disert. Suivant lui, causer ne consiste pas
seulement à faire de mauvaises demandes et de
sottes réponses : « Savez-vous ceci? Savez-vous
cela? » Il aime la finesse, la subtilité, la plaisanterie, l'argumentation serrée, les antithèses
originales, les paradoxes brillants. Or à notre
époque l'esprit ne coule pas à plein bord à table,
comme le hœk-metternich et le mouton-roth-
schild. Brandolin sait à la fois faire ressortir
l'agrément de son esprit et le charme de celui
des autres. Est-on incapable de *quid quo pro*
dans la conversation, on vous déclare aussi
insupportable que Macaulay et Mme de Staël.

Brandolin songe moins à ce qu'il a dessein
de dire qu'à ce que les autres disent. Il est persuadé que si l'on cultivait encore l'art de con-
verser comme on le faisait à Paris sous les Bour-
bons, la vie serait plus aimable, plus raffinée et
moins vulgaire.

« On devrait exercer les enfants à bien formuler leurs pensées, dit-il à lady Usk. Pourquoi ne pas se montrer aussi soigneux de leur langage que de leur toilette ? Si vous ne leur permettez pas d'entrer dans votre salon les cheveux en désordre, défendez-leur aussi d'employer des expressions impropres et trop souvent empruntées à l'argot. On oublie combien le choix des mots a d'importance à leur âge ; un organe agréable est quelque chose, mais le bien dire est plus encore. Avez-vous jamais entendu Mme Norton soutenir une discussion ou raconter une anecdote ? Sa diction avait la justesse et le charme d'un instrument de musique. Avec elle est mort l'art de la conversation.

— De nos jours, dit lady Usk, a-t-on le temps de rien ? »

C'est sa manière d'excuser les travers de sa génération.

« Mon cher Brandolin, tout le monde sai‘ que vous aimez le beau langage, » dit lady Dod gelly.

A vrai dire, l'aimable lord n'est vu d'un bon œil par aucune des invitées de lady Usk, les-

quelles ne lui pardonnent pas de respecter trop
scrupuleusement les combinaisons de la châtelaine. Que peut-on attendre d'ailleurs d'un
homme qui reste enfermé des heures entières
dans la bibliothèque? Celle de Surrenden est
remarquable, à la fois pour la quantité et la
qualité des livres. L'honneur de cette collection
revient à un certain lord Usk, bibliophile lettré
du xviiie siècle. On remarque dans cette pièce
des boiseries sculptées, et des plafonds peints
d'après Tiepolo. Les bibliothèques sont adhé-
rentes à la muraille; les livres ont l'air d'être
bien chez eux; les fenêtres à meneaux donnent sur les jardins, dessinés par Beaumont.
Grâce à une porte-fenêtre (innovation de lady
Usk), on peut aller de la bibliothèque dans le
jardin, cueillir une rose, tout en tenant à la
main un volume de poésie. C'est dans la petite
bibliothèque adjacente, remplie de romans
modernes, qu'on se réunit pour le *five o'clock
tea*, servi avec accompagnement de caviar,
kummel, sandwichs, gâteaux, etc.

La pièce est gaie, claire et agréable; on y

admire des dessus de porte Watteau et une
profusion de sièges bas et de chaises-longues.
Bien qu'un tel confort invite à la lecture, on
ne lit guère plus dans la petite bibliothèque
que dans la grande. Brandolin s'y trouve habi-
tuellement seul, libre de choisir à sa guise,
entre la philosophie latine et l'esprit gaulois.

« Autrefois, vous aviez le goût de la lecture,
Georges? dit-il à lord Usk.

— Il y a des siècles de cela, répondit-il en
bâillant.

— Je comprends jusqu'à un certain point
l'homme qui n'a jamais eu le goût de la lecture ;
mais je ne puis admettre qu'on le perde après
l'avoir eu. On vit heureux en Béotie, pourvu que
l'on n'en soit jamais sorti ; quant à y retourner
après avoir vécu dans l'Attique...

— Il faut bien accepter la vie telle qu'elle est,
mon pauvre ami !

— Je prétends qu'on mène la vie qu'on veut,
repartit Brandolin.

— Morbleu ! Voilà bien un propos de célibataire !

— Oseriez-vous soutenir que lady Usk vous empêche de lire du latin, du grec et même du sanscrit? Elle préférerait cela, croyez-le, à bien des choses.

— Je ne prétends pas qu'elle m'en empêche, riposte lord Usk d'un ton bourru; mais toute notre vie se résume ainsi : Je n'ai pas le temps!

— Il faut faire ce que je fais : se soustraire aux exigences du monde, reprend Brandolin.

— Vous me la baillez belle! Quand on est surmené comme je le suis, on n'a le temps de rien; on est emporté par le courant : on est dans le train; puis il y a la chasse, les courses et enfin la *saison!* On dirait que nous avons le diable à nos trousses.

— Je prétends diriger ma barque et non me laisser entraîner par le courant, réplique Brandolin.

— C'est juste, mais il ne vous déplaît pas d'être appelé excentrique.

— Nullement! Je suis même flatté et reconnaissant si on ne dit rien de plus!

— Croyez-moi, mon cher Brandolin, vous ne sauriez vivre comme bon vous semble si vous aviez mon patrimoine, mes châteaux, mes chevaux, mes ennuis, et ma famille par-dessus le marché. Vous êtes libre comme l'air, tandis que je succombe sous le poids des affaires. C'est à peine s'il me reste une seconde pour fumer une cigarette de temps en temps. »

Brandolin sourit, car il sait que, par suite de cette mollesse inséparable d'une trop riante fortune, lord Usk passe une partie de ses journées à demi couché dans un fauteuil, le cigare à la bouche. Le châtelain de Surrenden se considère comme une victime de la politique, comme un esclave des affaires. A ses yeux, une grande fortune est une grande servitude. Ses amis jugent la situation différemment, mais on sait que rien n'est plus difficile que de se connaître soi-même. Brandolin poursuit :

« Pour moi, la lecture est aussi nécessaire à ma vie que l'air ambiant. »

Et citant Cowley, il ajoute :

« Les livres, comme les affaires, contribuent à alléger le fardeau de la vie.

— Tiens ! continuez donc la citation, reprit lord Usk.

— Autres temps, autres mœurs, » répond Brandolin en se levant et tout en riant de bon cœur.

Il est quatre heures de l'après-midi; une chaude couleur d'ambre colore la verdure. Un des paons tourne majestueusement sur lui-même en déployant sa queue, qui rappelle la boutique d'un lapidaire. Il semble infatigable. Brandolin reprend tout haut :

« Cet oiseau me fait penser à certains politiciens que je pourrais nommer. Votre jardin, mon cher ami, ressemble singulièrement à celui de Saint-Hubert. Si je ne me trompe, Bulwer Lytton a dit : « Tant que l'on possède un jardin, on a un abri avec le ciel pour plafond. »

— Un plafond écorné, diablement écorné par les gages des jardiniers, répond lord Usk.

— Ma parole d'honneur ! vous ne pensez qu'à

l'argent. Par un beau jour comme celui-ci, c'est une insulte à la nature. Rien n'est aussi démoralisant que le culte du veau d'or.

— Avoir des dettes et ne pas les payer l'est bien plus encore; et, ma foi, Boum...

— Le moyen le plus efficace pour couper court aux folies d'un jeune homme, reprit Brandolin, est de vendre ce à quoi il tient le plus. La première fois qu'il m'est arrivé de faire des dettes, votre père m'a appliqué ce remède-là. Je n'oublierai de ma vie la leçon qu'il m'a donnée, le jour où je lui ai avoué que je devais cinq cents francs.

— Eh bien! qu'a-t-il vendu?

— Mon poney! J'ai pleuré comme une bête, mais mon tuteur est resté insensible à mes larmes. J'ai économisé alors, sou par sou, pour racheter mon poney, que j'ai payé deux fois sa valeur à un maquignon.

— Avec vous c'était possible, avec Boum ce serait impraticable. Dorothée lui achèterait un autre cheval le lendemain. Il est impossible de bien élever un fils près de sa mère.

— L'opinion contraire est généralement ac-
créditée, mon cher Georges! Votre observation
n'est cependant pas dépourvue de toute justesse,
car j'ai remanqué que la plupart des femmes
embrassent leurs enfants quand il faudrait les
fouetter.

— C'est bien là ce que fait Dorothée. Tenez,
par exemple, voyez comment la femme comprend le cheval : d'une part, elle veut qu'il ait
les jambles fines, la robe lustrée et qu'on le
bourre de pommes et de sucre; d'autre part,
elle a une main de fer, le tient de court et
l'éperonne jusqu'au sang. Toutes les femmes
sont aussi déraisonnables avec leurs enfants.

— Quelle est cette belle personne? demanda
Brandolin en regardant par la fenêtre. Avant
même que vous le disiez, je devine que c'est
Mme Sabaroff.

— Comment! on ne l'attendait que demain, »
dit lord Usk.

Tous deux suivent des yeux une femme qui
longe une allée bordée d'ifs. Sa robe couleur
crème est ornée de dentelles à profusion. Elle

tient d'une main une ombrelle ouverte de
même nuance et de l'autre une grande canne.
Alexandra et Hermione marchent à ses côtés.
Devant elle cabriole le Baby vêtu d'un jersey
blanc. Il porte des bas de soie bleue et des
boucles d'argent à ses souliers.

— Ma foi, vous aviez raison! c'est bien la
princesse. Voulez-vous venir lui présenter nos
hommages? dit lord Usk.

— Avec plaisir, même au risque de recevoir
des coups de canne du Baby. »

Brandolin a le plus grand air du monde en
traversant la pelouse; il porte une jaquette
de velours marron admirablement faite, une
culotte courte; ses jambes sont aussi bien faites
que son vêtement. Ses cheveux bouclés reçoivent
les reflets du soleil. De premier jeu, sa tournure distinguée et dégagée, son costume pittoresque plaisent à Xenia. S'adressant aux enfants,
elle demande : « Qui vient là-bas? » Ils le lui
disent en parlant tous à la fois.

La princesse connaît de nom Brandolin, et
pour en avoir entendu parler dans le monde et

pour avoir lu ses ouvrages. Elle se souvient
que, dans ces derniers, il fait l'éloge de la solitude et prône le régime des végétariens.
Cependant il n'a pas l'air d'un anachorète. Son
type contraste du tout au tout avec celui de
l'Anglais. Les femmes, dont il est la coqueluche,
prétendent que le premier du nom était Vénitien; condamné à mort sous la république, il
parvint à tromper la surveillance de ses
geôliers et à s'expatrier. Habile à jouer du
luth autant qu'à tirer l'épée, il jouissait d'une
grande faveur à la cour d'Henri II. Lord Brandolin actuel a beau prétendre que cette légende
se perd dans la nuit des siècles, il est une chose
que le temps ne parvient pas à effacer, ce sont
les signes caractéristiques de la race.

Le Vénitien Brandolin épousa la fille d'un
seigneur normand. Ses descendants, fils chéris
de l'Angleterre, purent conserver le château de
Saint-Hubert pendant la guerre des Deux-Roses
et des Jacobites. Leur érudition et leur talent
les mirent en lumière sous Georges II; à cette
époque, lord Brandolin fit venir d'Italie des

artistes pour décorer le château de Saint-Hubert.
Or les finances de la famille s'en ressentent
encore. C'est une magnifique résidence, mais il
faudrait beaucoup plus d'argent pour l'entretenir que n'en possède le propriétaire actuel. On
lui donne souvent le conseil de la louer, mais il
ne s'en soucie pas : « Autant vaudrait me faire
vendre mes portraits de famille, » répond-il
avec aigreur; il s'ensuit que la vieille maison,
avec ses peintures aux tons chauds, jolie comme
un écrin, mais un écrin vide, reste inhabitée,
sauf pendant les courtes apparitions qu'y fait le
propriétaire. Tout en échangeant avec la princesse les salutations d'usage, Brandolin se dit :
« Voilà une personne intéressante! Les femmes
russes le sont toujours. Elles seules ont des
secrets pour nous. En vertu de la loi d'attrac-
tion des contraires, une génération toute en
dehors comme la nôtre, est sensible au charme
vague du mystère. » L'admiration de Brandolin
pour la princesse tient à d'autres raisons que
celle du Baby et de ses sœurs. Toutefois son
enthousiasme n'en est pas moins vif. Loin

d'apprécier la nature primitive comme il lui a été donné de la voir si souvent dans ses voyages, il aime l'élégance chez la femme. Or celle de Mme Sabaroff se faisait remarquer depuis ses longs gants couleur crème jusqu'à ses souliers mordorés ornés de petites boucles en diamants.

« Hein! ne vous l'avais-je pas bien dit? murmure le Baby en se cramponnant à Brandolin.

— C'est vrai, Cecil, vous aviez tout à fait raison; mais rappelez-vous qu'il est très impoli de chuchoter à l'oreille de quelqu'un devant plusieurs personnes. »

Le Baby, rouge et confus, ne dit mot. Quand on l'appelle Cecil, il comprend qu'il a *fauté*, comme l'on dit à cette heure. Lord Usk reprend :

« Ce mioche vous ennuie toujours, princesse.

— Il est charmant, au contraire, reprend Xenia Sabaroff sans le moindre accent. Avec les enfants, on se sent si vite acclimaté. Quelle belle habitation ! Je la préfère à ce grand château où j'ai eu le plaisir de venir à Pâques. Comment s'appelle-t-il ?

— Orme, reprend le châtelain. C'est une grande baraque, une caserne détestable à habiter ; mais il faut s'y montrer quand même.

— Quelle ingratitude envers la Providence ! Elle doit, dit Brandolin, être souvent tentée de vous en punir. Gare aux orages et aux allumettes chimiques !

— Je crois que lord Usk n'est pas facile à satisfaire, dit la princesse en souriant.

— Peut-on être satisfait, je vous le demande, quand l'Angleterre court à sa ruine ? murmure lord Usk.

— A en croire l'histoire, votre pays marche sans cesse vers un abîme ; malgré tout, l'Angleterre ne s'en porte pas plus mal, dit la princesse.

— « Notre constitution est établie sur une plateforme bien équilibrée, mais entourée d'eau et de précipices de tous côtés, » dit lord Brandolin en citant Burke. Actuellement chacun oublie que cet équilibre ne tient qu'à un fil. Or,

le jour où il cassera, le pays sera englouti dans
le gouffre. Je ne crois pas, quant à moi, qu'il
en ait pour longtemps.

— J'espère que vous vous trompez dans vos
appréciations, reprend la princesse gravement.
J'aime l'Angleterre, et aussi les petits garçons
anglais, » ajoute-t-elle, en passant la main sur
la chevelure brillante du Baby.

« Elle doit être éprise d'un Anglais, » se dit
Brandolin, car il s'imagine, comme tous les
hommes, que chez la femme l'esprit est dominé
par le cœur.

S'adressant à Mme Sabaroff, il dit :

« Désirez-vous rentrer, princesse ? Par une
belle journée comme celle-ci, préférer au ciel
bleu un toit d'ardoise, c'est une ingratitude
envers le Créateur, non moins criante que celle
de lord Usk envers l'architecte qui a donné les
plans du château d'Orme.

—Mais c'est à peine si j'ai entrevu lady Usk, »
dit la princesse, tout en se rasseyant sur un banc
placé dans un if au feuillage compact et auquel
on a imposé la forme bizarre d'un casque.

A ce moment, les précepteurs chargés d'attrister par l'étude la gaieté du jeune âge arrivent pour se saisir de leur proie. Le Baby s'en va en maronnant; il pleurerait s'il n'était déjà un petit homme.

« Pourquoi laissez-vous ainsi torturer vos enfants, mon cher Georges? demande Brandolin.

— Vous disiez vous-même, il y a un instant, que les livres et les affaires allègent le fardeau de la vie; les professeurs de mes enfants partagent cette manière de voir.

— Ce n'est pas le moyen de rendre l'étude agréable à la jeunesse que de l'enfermer entre quatre murs à pâlir sur des livres, par une belle matinée d'été, dit Brandolin.

— Quand vous aurez des enfants, je me demande quel sera votre système d'éducation? répliqua le châtelain.

— Lord Usk fait volontiers dégénérer les questions générales en questions personnelles, dit Brandolin. C'est déplorable. Parce qu'un système est défectueux, il ne s'ensuit pas que je sois appelé à faire mieux. En somme, voici, je crois, ce que je ferais : Je chercherais un homme d'âge, instruit, expérimenté, un Samuel John-ston doublé d'un John Ruskin. Je lui dirais : Rendez l'étude aimable à mes enfants ; autant que notre atroce climat le permet, je voudrais les voir étudier dans les prairies fleuries, à l'ombre d'une haie d'épines blanches. Je n'aurais jamais aimé Horace comme je l'aime, si je ne l'avais lu que sur les bancs de l'école. Mais mon vieux professeur m'avait appris à en goûter toutes les beautés en me promenant sous les bois de haute futaie de Saint-Hubert.

— Il est heureux, en vérité, que Dorothée, parmi tous ses caprices, n'ait pas eu celui de m'imposer, pour nos enfants, un Samuel John-ston doublé d'un John Ruskin, qui n'eût cessé de corriger mes citations, de se moquer de mon architecture et de faire de mes enfants des pé-dants.

— Des pédants ! répète Brandolin. Depuis quand les lettres et la nature font-elles des pé-dants ? La science et les bancs de bois du collège font les cuistres, je vous l'accorde, mais non les vers latins récités aux quatre vents du ciel.

— C'est juste, » reprit la princesse avec un gracieux sourire.

« S'ils commencent à s'entendre, il est clair que je suis de trop, » se dit lord Usk.

Le rôle de second violon n'était pas fait pour satisfaire ce châtelain aimable et galant. Il s'éloigne et se dirige vers un des jardiniers. La princesse et Brandolin restent à causer sous la tonnelle; celui-ci poursuit :

« En rendant l'étude si aride aux enfants, on arrive fatalement à la leur faire prendre en grippe. On vous donne cinq cents lignes de Virgile à copier comme pensum. Ciel et terre ! ce devrait être une récompense plutôt qu'une punition. Se promener dans les sentiers délicieux de la pensée, n'est-ce pas le plus grand plaisir que l'on puisse procurer à la jeunesse intelligente ?

— Il n'y a qu'un enfant exceptionnel qui puisse comprendre ce plaisir.

— Sans être un enfant exceptionnel, cette

méthode a développé en moi le goût des
lettres.

— Oui ; mais votre genre d'éducation a fait
exception à la règle.

— Je ne dis pas le contraire. Mais je regrette
que cette exception ne soit pas la règle. Ainsi
que mon père en avait témoigné le désir dans
son testament, j'ai été élevé chez moi jusqu'à
l'âge de dix-sept ans. J'avais pour précepteur
un vieux savant, que je vénérais autant que
Burke aimait le sien. Il est mort, mais le
bien qu'il a fait lui survit. Les preuves de bon
sens que j'ai pu donner, les folies que j'ai
su éviter, ce que je suis, ce que je ne suis
pas, c'est à lui seul que je le dois. L'amour
des lettres, qu'il m'a inculqué, a été ma conso-
lation la plus douce et ma joie la plus pure.
Je plains profondément les enfants qui font
leurs classes au rebours du bon sens, du goût
et de l'intelligence. Qu'est-ce que les thèmes
latins rappelleront plus tard à Baby ? Le souvenir d'un régime d'oppression, de réclusion, de
livres détestés, de doigts couverts de taches

d'encre et de fréquents maux de tête. Pour ma part, quand une citation latine me tombe sous les yeux, il me semble retrouver un vieil ami ; lorsque je répète des vers latins, je crois aspirer comme autrefois, en les apprenant, le parfum des primevères et celui de l'aubépine en fleurs.

— Je suppose, dit la princesse d'un ton bienveillant, que dans votre enthousiasme vous avez oublié ceci : c'est que, pour germer, la semence doit tomber sur une bonne terre ; sur une mauvaise, les graines, fussent-elles semées dru, ne produiraient rien. Sans vouloir diminuer le mérite de votre précepteur, je prétends que, si vous aviez fait vos études dans un collège anglais ou dans un lycée français, vous n'en seriez pas moins un lettré et un bibliophile.

— Hélas ! madame, j'ai seulement été ce que Mathieu Arnold appelle un voyageur battu par la tempête sur l'océan de la vie !

— Quelle plaisanterie ! répondit la princesse en souriant. Vous avez dû facilement triompher des écueils ! Les voyages constituent pour les hommes une sorte de supériorité. Quant aux femmes, elles doivent trouver le bonheur au port.

— Les femmes d'autrefois peut-être, mais non celles d'aujourd'hui. Ah ! nous avons changé tout cela. Pardon, madame, de vous avoir parlé si longuement de moi et de mes principes d'éducation.

— Vous m'avez beaucoup intéressée, dit la princesse avec un accent de sincérité qu'on ne pouvait mettre en doute. Il y a longtemps, du reste, que j'ai lu et admiré vos ouvrages. »

Brandolin rougit de plaisir ; la même phrase lui était adressée cinq cents fois par an, mais l'admiration des fous humilie plus qu'elle ne flatte. Par contre, celle d'une femme aussi gracieuse que Xenia Sabaroff ne laisse pas d'être agréable aux hommes, leur admiratrice fût-elle complètement dépourvue d'esprit. Mais la princesse lui faisait l'effet d'en avoir beaucoup. La remerciant de l'honneur qu'elle lui faisait, il ajouta :

« La sincérité est le plus grand mérite de

mes récits. En outre, j'espère qu'ils sont écrits en bon anglais, bien qu'à notre époque ce ne soit pas une petite prétention.

— Malgré tout, comme on doit être heureux de renoncer aux voyages, quand on a un *home !* » dit la princesse en soupirant.

Pour Brandolin il était clair que, si elle a plusieurs maisons, elle n'a pas de *home*.

« Dans quelle partie de l'Angleterre est situé le lieu charmant où vous avez appris à aimer Horace ? » demande-t-elle à son interlocuteur.

C'est à tort qu'on prend pour de l'orgueil le respect qu'inspirent à lord Brandolin les traditions de famille. Chez les Romains, on donnait à ce sentiment le nom de piété. Quand Brandolin parle de son château de Saint-Hubert, il est éloquent et expansif. Il décrit *con amore* les détails de cette masse imposante d'architecture et de verdure.

« On doit s'estimer heureux d'être le propriétaire d'un si beau château, dit la princesse.

— En général, on s'attache plus aux lieux

qu'aux personnes, répond lord Brandolin.

— Parfois on ne se soucie pas plus des uns que des autres, répond Mme Sabaroff,

— Alors c'est qu'on ne pense qu'à soi.

— Pas toujours ! »

En ce moment, on entend le bruit de pas ; des laquais apportent sous le grand cèdre des tables, des pliants, une bouilloire en argent, des gâteaux, des fruits, des liqueurs, des sandwichs, des vins fins, etc., toutes choses que Brandolin condamnait une heure auparavant dans la bibliothèque.

Lady Usk, s'étant décidée à faire servir le thé dehors, s'avance suivie de ses hôtes.

« Adieu les propos raisonnables ! » dit Brandolin en se levant.

Cette dernière exclamation touche particulièrement la princesse. Trop belle pour que les hommes lui parlent souvent raison, elle est positivement saturée des hommages et des flatteries dont ils l'accablent à l'envi.

VII

« Comment trouvez-vous lord Brandolin?
demande lady Usk à Mme Sabaroff, dès qu'elles
peuvent échanger quelques mots.

— Fort bien; ses ouvrages d'ailleurs donnent parfaitement l'idée de sa personne, chose
rare et que j'apprécie. »

Le front de Dorothée se rembrunit. Elle n'entend pas que son amie russe admire tant Brandolin, car elle a combiné un mariage entre la
princesse et son cousin lord Allan Gervase.
Celui-ci est attendu d'un moment à l'autre à
Surrenden. Il occupe dans la diplomatie et dans

le monde un rang des plus élevés. Dorothée est
très fière de son parent; elle a toutes les ambitions pour lui. Xenia Sabaroff, avec son énorme
fortune et sa grande beauté, serait pour le
jeune diplomate un parti idéal. Aussi la châtelaine de Surrenden, avec le tact qui la distingue,
n'a-t-elle jamais parlé de lord Gervase à la
princesse Sabaroff, ni de la princesse à lord
Gervase. Dorothée regrette que Brandolin ait
sur Allan une huitaine de jours d'avance, car
le premier arrivé peut mettre ce temps à profit
pour faire son siège, si toutefois la grande
dame russe s'y prête. Du reste, Brandolin n'est
galant que pour la forme, et il y a tout à parier
qu'il ne se mariera jamais, car il a refusé les
plus beaux partis et des mains pleines d'or.

Pour un esprit positif comme celui de lady
Usk, lord Brandolin représente un Ismaël
errant dans les bois, loin de toute civilisation.
Elle ne comprend pas pourquoi on s'occupe
tant de Brandolin; toutefois elle garde cette
réflexion pour elle. Du moment que c'est le
genre, elle se croit obligée de faire comme les

autres. La conduite de Dorothée a toujours été droite comme une ligne géométrique. Si elle se montre aussi coulante envers les femmes qui font parler d'elles, c'est qu'aujourd'hui, dans son monde, un fonds inépuisable d'indulgence est aussi une mode. Or, comme elle tient avant tout à la faveur du monde, elle laisse les gens être à leur gré coquets ou galants, frivoles ou légers, inconstants ou entreprenants.

« Pourquoi ne vous êtes-vous pas marié? » demanda le lendemain Dorothée à Brandolin.

Lord Usk, interrompant vivement, reprend :

« Il est trop romanesque. Cependant, s'il veut perpétuer son nom, il faudra qu'il saute le fossé.

— Hélas! je ne le sais que trop. Je regretterais que mon nom finît avec moi; je n'ai d'autres héritiers que les Vane. Ils me détestent, et je le leur rends au centuple.

— Qu'attendez-vous alors? » demande lord Usk.

La châtelaine riposte :

« Je connais de charmantes...

— Ah! chère lady Usk, s'écrie lord Brandolin, moi qui vous aime tant! Dispensez-vous
de vous ingérer dans une affaire que j'aurais
sans doute bien de la peine à vous pardonner
plus tard. »

Lord Usk rit de bon cœur. Sa femme est un
peu vexée.

« Il n'y a qu'un moment vous parliez de
vous marier, reprend-elle.

— Oui, mais c'est encore dans les brouil-
lards. Le nom, après tout, n'est pas une si
grande affaire; seulement, il me déplaît fort
de penser que Saint-Hubert puisse devenir la
propriété des Vane. Nous sommes cousins,
mais je ne sais à quel degré. Leurs opinions
politiques sont diamétralement opposées aux
miennes. Ce sont des gens prosaïques et sans
goût, capables de détruire l'ordonnance de mes
jardins, d'empoisonner mes animaux des Indes,
de tordre le cou à mes oiseaux d'Afrique,
de chasser mes vieux domestiques et de faire
de l'agriculture dans le parc! »

— Raison de plus pour vous marier ! »

Brandolin se lève et arpente la pièce à grands pas. Ce dilemme l'a souvent tourmenté. Il reprend :

« Tenez, mes amis, voici la vérité : La femme forte est une des meilleures œuvres de Dieu ; mais elle est plus utile qu'agréable ; la femme coquette, par contre, est aimable et charmante ; or, si vous l'épousez, vous risquez de compromettre votre bonheur. Laquelle des deux doit fixer mon choix ? La femme *pure*, comme l'appelle M. Renan, m'ennuierait à mort ; la grande coquette me fait frémir, et je me garderais bien de l'épouser. Le jour où j'aurais assez de ma femme, je partirais pour l'Équateur ou le pôle Nord. Avouez-le, ce serait mal à moi de sacrifier une vierge aux intérêts de ma race. »

Lady Usk paraît scandalisée, mais elle garde le silence, car de nos jours la pruderie est surannée ; on ne doit plus se choquer de rien !

« J'ai pensé très souvent au mariage, poursuit Brandolin ; parfois je me suis dit que

j'épouserais une femme indoue de haute caste.
Les Asiatiques surpassent en beauté les Européennes, elles ne connaissent pas la torture
du corset et passent la majeure partie de leur
temps à rehausser, par l'art, l'éclat de leur
teint.

— Quelle plaisanterie ! repartit lady Usk.
Les jeunes filles de notre temps n'ont rien qui
doive effrayer ; si les apparences chez elles sont
trompeuses, leur expérience prématurée n'al-
tère en rien leur candeur.

— Les jeunes filles de notre époque me sont
odieuses, reprend Brandolin ; elles fument,
elles jouent, elles flirtent ; elles sont ambi-
tieuses ; dépourvues des grâces de leur sexe,
elles ne voient dans le mariage que la fortune
et la liberté. Je demande au ciel de me préserver de ces écervelées, qui ne rêvent que luxe et
grandeur; leurs souvenirs de jeunesse sont
remplis de souvenirs de coquetterie. Vrai ! je
préfère attendre Dodo, si vous voulez me permettre de faire sa conquête et son éducation.

— Mais, mon ami, interrompt lord Usk, Dodo

flirtera comme les autres; elle est née pour cela.
Au bout de peu de temps, vous nous la renver-
riez, en regrettant vos belles Asiatiques.

— Quel genre d'éducation lui feriez-vous
donc donner? demande Dorothée piquée au
jeu.

— J'exigerais d'abord qu'elle soit plus souvent avec sa mère. Quel meilleur modèle pour-
rait-on lui souhaiter? »

Lady Usk se demande s'il parle sérieusement
ou non, car Brandolin sait mêler avec tant
d'art les compliments aimables aux railleries
cruelles, qu'il est souvent impossible de savoir
le fond de sa pensée. Peut-être veut-il par là
faire entendre qu'elle néglige ses enfants.
Brandolin est pour lady Usk un être indé-
chiffrable, original, paradoxal, qui ne justifie
en rien l'admiration et la sympathie qu'il inspire à la société en général et à lord Usk en
particulier. Voici en quels termes Dorothée
parle, une heure plus tard, de lord Brandolin
à lady Faversham.

« Figurez-vous, ma chère, que lord Brandolin. prétend que les négresses sont mieux faites que nous?

— Les négresses? Pouah! riposte son inter-locutrice.

— Oui, vous savez... les Indoues! reprend Dorothée, avec cette ignorance ethnographique qui caractérise les Anglais du haut en bas de l'échelle sociale.

— Oh! il est si original! » dit lady Faversham, d'un air dédaigneux.

Il l'est tellement, à vrai dire, qu'il n'a jamais fait la moindre attention à cette jolie femme; or c'est un méfait que le beau sexe ne pardonne pas.

Dix minutes plus tard, Lelia Faversham dit à lady Dawlish que lord Brandolin n'aime que les négresses. Quelle horreur! Il en a même, paraît-il, ramené un certain nombre au château de Saint-Hubert, pour les y acclimater comme des panthères de l'Inde et des autruches d'Afrique.

« C'est révoltant! dit lady Dawlish, mais peu dispendieux; une cuillerée de riz suffit pour les

nourrir et un mètre de calicot pour les habiller.
Tout le monde sait que lord Brandolin est
pauvre comme Job. »

Lady Dawlish raconte ce fait à lady Curson,
en ajoutant d'autres détails de son cru. Celle-ci
trouve l'anecdote si divertissante, qu'elle s'empresse d'en instruire les *Tablettes mondaines*,
journal qu'elle honore de sa collaboration, à
titre gracieux bien entendu, écrivant pour
diffamer le prochain, mais non pour gagner de
l'argent. Dans le prochain numéro de cette
feuille mondaine paraîtra à coup sûr un para-
graphe mystérieux et à sensation sur les négresses du Warwickshire, ou un article ayant
pour titre : « Un membre de la Chambre des
lords dans son château ! »

Brandolin, par principe, n'ouvrant jamais un
journal, donne beau jeu aux calomniateurs.

« La princesse est, en vérité, une femme des
plus intéressantes, se dit Brandolin, en s'habil-
lant pour le dîner ; il y a en elle quelque chose
d'attachant, d'original et de mystérieux ; lady
Usk a beau dire, les nuances dans les nationa-

lités restent encore bien tranchées. A la nuque
et aux épaules d'une femme, je reconnais tout
de suite une de mes compatriotes. Aucune
d'elles ne possède la grâce ondulante de la princesse Sabaroff. »

Ce qui n'est pas moins vrai, c'est qu'elle inspire tant d'intérêt à Brandolin, qu'il se décide
à rester à Surrenden. Pendant le dîner, elle
produit sur lui une impression plus favorable
encore. Sa taille est superbe; son corsage sans
manches permet d'admirer la beauté de son
buste. Elle porte au-dessus du coude un bracelet en diamants.

Cet ornement ainsi placé s'harmonise avec
la beauté classique de la princesse. Sir Adolphe,
vieux viveur qui a étudié à la fois la plastique
et l'anatomie, fait remarquer que sur dix mille
femmes on n'en saurait trouver une qui ait
d'aussi beaux bras que ceux de la princesse;
c'est pour en faire ressortir la perfection,
qu'elle fait revivre cette mode, renouvelée des
Grecs.

Brandolin est ennuyé; que peuvent lui faire

pourtant les prétentions et les excentricités de
Mme Sabaroff ? Pourquoi est-il choqué d'entendre discuter ses avantages physiques ? Il n'y a
pas une femme laide parmi les invitées de
Surrenden ; il en est même de remarquablement
jolies ; toutes ont ce chic, ce genre, cet art qui
prête une sorte de beauté à la femme du
monde.

Nina Curson, jusque-là la plus belle des
belles au château de Surrenden, est éclipsée
par la grande dame russe au teint pâle, aux
bijoux splendides, aux lèvres vermeilles, aux
sourcils et aux yeux noirs. A dîner, la princesse
parle très peu ; elle a l'air mélancolique et rê-
veur.

En face d'elle est Brandolin ; les corbeilles
de fleurs et le surtout peu élevé, la litière de
feuilles de roses répandues sur la nappe n'em-
pêchent pas Brandolin d'observer attentivement la belle Moscovite.

Frappé du silence qu'elle garde, il se met en
frais d'esprit et s'aperçoit qu'il a fixé l'attention
de la princesse, sans s'être toutefois adressé

directement à elle. Le succès de Brandolin exas-
père M. Wootton, qui avait collectionné une
demi-douzaine d'anecdotes pour les servir pendant le dîner ; collectionné est bien le mot, car il
fait du neuf avec du vieux. Lady Arthur Audley,
s'adressant à M. Wootton, qui ronge son frein,
lui dit sans y entendre malice :

« Lord Brandolin a tant d'esprit quand il
veut !

— C'est un *monologuiste!* » répond M. Wootton.

Lady Arthur ne comprend pas cette dernière
expression ; elle s'imagine que c'est une sorte
de secte, comme les mormons, secte à laquelle
Brandolin appartient sans doute, ou qu'il a
même peut-être fondée, comme Laurence Oli-
phant a fondé la secte de l'amour libre ! Se rappelant l'histoire des négresses, elle croit qu'il
est plus sage à elle de n'en pas parler ; c'est une
femme à l'esprit délicat, réservé et formaliste,
à ça près d'une petite intrigue avec lord Hugo,
dont chacun l'absout d'ailleurs, son mari étant
un libertin fieffé.

Le dîner fini, Brandolin prend un siège bas,
à côté du fauteuil de la princesse; tout en causant avec d'autres femmes, les hommes n'en
tiennent pas moins leurs regards attachés sur
Mme Sabaroff; d'aucuns même s'en rappro-
chent; Brandolin comprend alors pourquoi elle
inspire si peu de sympathie à ses pareilles. On
l'invite à chanter : sa voix est douce, puissante,
expressive; elle interprète des chansons slaves,
d'une mélancolie aussi sombre et mystique que
l'âme d'un paysan russe. Quand elle vient re-
prendre sa place, ses brillants scintillent avec
un tel éclat, qu'on dirait un feu d'artifice qui
marche. Brandolin a éprouvé, en l'écoutant, ce
plaisir troublant, avant-coureur de toutes les
passions qui ont jeté tour à tour sur sa vie des
rayons et des ombres. Comme les gens romanesques, il est resté plus jeune que son âge, car
son cœur n'a été ravagé par aucune de ces
amours dévastatrices qui produisent le même
effet sur l'homme que le feu sur l'herbe des
champs. Là où il a passé, le sol reste à jamais
stérile.

Pour Brandolin, ce sentiment n'avait été jusqu'alors que le plus charmant des passe-temps ;
il se demandait pourquoi l'on permet au
petit dieu malin de déchirer notre vie en lam-
beaux, comme un mauvais acteur massacre
une pièce de belle poésie.

Un oncle de lord Brandolin possédait une
Vénus en marbre de Paros, qu'on avait re-
trouvée dans un champ de vigne à Luna,
œuvre de grand mérite, de la seconde période
de l'art grec. Homme de plaisir et philosophe,
il professait un véritable culte pour son trésor.
Dès qu'une femme semblait devoir prendre sur
lui plus d'empire qu'il n'entendait, il établis-
sait un parallèle entre elle et la Vénus de
Luna.

Les charmes de celle-ci faisant ressortir les
défauts de celle-là, il en oubliait vite la créature
humaine.

Brandolin renfermait dans un recoin de
son esprit une femme idéale, qui lui tenait
lieu de la déesse de son oncle. De temps à
autre, il la faisait sortir de sa cachette, et,

après l'avoir attentivement considérée, lui aussi demeurait convaincu de la supériorité de l'idéal sur la réalité.

Or, ce soir-là, tout en arpentant le fumoir, les mains dans ses poches, il invoquait cet idéal rêvé; mais, loin de faire tort à Xenia Sabaroff, cette fois il ressortait de la comparaison que la réalité égalait l'idéal.

« Dire pourtant, pensait-t-il en se prenant lui-même en pitié, que je ne connais rien de cette femme, si ce n'est qu'elle a la voix de l'Alboni, les pierreries d'une reine de Golconde et qu'elle est princesse russe ! »

Causeurs et fumeurs trouvent Brandolin peu divertissant; celui-ci leur rend bien la pareille. Il croit entendre encore la voix douce, mélodieuse, de Mme Sabaroff. Bref, il n'est pas disposé à goûter les plaisanteries scabreuses, bonnes, à son avis, pour de tout jeunes gens, mais indignes des hommes de son âge.

On le plaisante à propos des négresses; pour la première fois, il n'est pas d'humeur endurante; le ton piqué de ses réponses ne sert qu'à accréditer les médisances de Mme Curson.

« Quelles anecdotes sans queue ni tête, se dit-il en sortant, nous a racontées tout à l'heure ce vieux blagueur de Wootton! A vrai dire, celles de Frédéric Osmond ne valaient guère mieux, et le tout, Dieu me pardonne, nous a été donné pour de l'inédit! Quand on a une grande indigence d'esprit, à quoi bon devenir le recueil vivant des productions des autres? En vérité, c'est folie de s'enfermer, par une soirée comme celle-ci, dans un fumoir éclairé au gaz et rempli de fumée de tabac! »

Plus tard encore, appuyé contre le balcon de sa fenêtre ouverte, il pense qu'une pareille nuit est plutôt faite pour Jessica et Lorenzo, pour Roméo et Juliette, que pour les gens du monde. Il est trois heures du matin; une lueur faible et transparente annonce l'aube; les oiseaux gazouillent; un parfum délicieux s'exhale des feuilles vertes, des roses épanouies et de la mousse couverte de rosée. L'air est humide et chaud. Brandolin voit les merles qui terrent. Quoiqu'il fasse encore sombre, la cime compacte des arbres se dessine vaguement à l'horizon. Des nuages argentés flottent dans la direction du sud ; il se demande où est située la chambre qu'on a donnée à la princesse ; quelle partie elle habite de ce vieux château, aux toits et aux tourelles fantastiques, aux gargouilles projetées en avant, aux arcs-boutants couverts de lierre et sur lesquels la nuit étend encore ses voiles. Il reste là quelques instants à rêver, à respirer l'air pur ; il ne se décide à se mettre au lit que lorsque les rayons du soleil levant rougissent le ciel.

Dès que Brandolin eut refermé la porte du fumoir, M. Wootton s'exprima en ces termes :

« Sur quelle herbe a donc marché Brandolin ce soir ? Il est intelligent, fort intelligent, comme on l'est d'ailleurs dans sa famille, sans être pour cela propre à grand'chose.

— Mais vous oubliez ses ouvrages ! riposte lord Usk, toujours prêt à défendre son ami.

— Ses ouvrages ! » s'écrie M. Wootton d'un ton de souverain dédain.

9

Étant un critique littéraire, M. Wootton méprise naturellement la littérature.

« Que diable voulez-vous qu'il fasse? reprend le châtelain.

— Pour un homme de son rang, je ne comprends pas l'inaction, dit M. Wootton en étendant les jambes et en regardant le plafond. Or la vie publique demande des sacrifices.

— Vous voulez sans doute dire qu'il devrait se marier? » riposte timidement le jeune duc de Queenstown.

M. Wootton sourit et poursuit :

« A coup sûr, il ferait bien de se marier et de se mettre en garde contre la médisance. La presse n'a aucune raison de respecter le secret de ces liaisons qui prêtent tant de charme à l'existence. »

Tout le monde rit. M. Wootton reprend :

« Le pays exige de ces sacrifices-là; il n'est pas un homme d'État qui ne les ait faits.

— Vous oubliez Melbourne, Palmerston, et

Sydney et d'autres encore, » dit vivement un des auditeurs.

M. Wootton fait un geste de la main, comme pour chasser une mouche importune, et continue :

« Voyez plutôt lord Altope, le modèle de l'homme d'État. Quelle vie austère et rigide ! Mais elle ne serait pas du goût de tout le monde, ni de lord Brandolin en particulier. Il voudrait l'imiter, qu'il ne le pourrait pas ! Les Anglais tiennent à ne jamais séparer l'homme privé de l'homme public. C'est ce que lord Beaconsfield me disait un jour. »

Là-dessus, M. Wootton raconte une anecdote qu'il a attribuée à Disraeli et qu'il a empruntée en réalité au président des Brosses.

« L'opinion publique est une force irrésistible, et si elle se tourne contre un homme, fût-ce le Messie lui-même, il est perdu ! C'est absurde de confondre la vie publique et la vie privée; on peut être un grand homme d'État sans aimer sa femme, voire même en aimant celle d'un autre. On peut être un héros

tout en ayant des maîtresses et des dettes
chez son tailleur. Mais le public anglais n'entend pas de cette oreille-là ; il ne pardonne ni
la femme interlope, ni les dettes criardes qui
compromettent l'honneur de l'homme d'État.
Il croit, heureusement ou malheureusement,
que le génie est tenu à observer le Décalogue,
et Dieu sait que le génie s'en écarte souvent.

— C'est la première fois, interrompt quelqu'un, que je vous entends célébrer le génie
de cette façon. »

M. Wootton reprit :

« En Italie, il y a peu de temps, un minis-
tre fut accusé d'avoir acheté sur les deniers
publics un piano pour sa maîtresse ; mais, sous
ce ciel clément, un pareil virement de fonds ne
fut pas même l'objet d'un blâme. Or il eût
suffi à ruiner à tout jamais un homme politique anglais. Bien que ce fût un piano de
petite dimension, le galant homme d'État eût
été enterré dessous et le pays ne lui eût pas
pardonné sa peccadille. Dans le royaume-uni
de Grande-Bretagne et d'Irlande, un homme

public peut se permettre toutes les fautes possibles et imaginables, ajouter des millions à la dette publique, se contredire tous les soirs au Parlement, précipiter le pays dans un abîme de révolution insondable; malgré tout, on aura encore confiance en lui, s'il va à l'office accompagné de sa femme. Mais, s'il lui arrive jamais de regarder la femme du voisin, c'en est fait de sa carrière.

— On n'en saurait conclure cependant que les Anglais se privent de convoiter le bien d'autrui. Et à tout prendre, qu'est-ce que ce péché, comparé à l'abandon du général Gordon ou à la protection accordée à l'hydre à sept têtes du socialisme? »

Là-dessus M. Wootton bâille, s'étire, se lève et déclare qu'il va s'aller coucher. Queenstown le suit. Loin de ressembler au jeune duc décrit par Disraeli, il est timide, gauche, lourd, dénué d'esprit et de distinction; cependant il est animé du désir sincère d'être utile à son pays : désir très louable chez un jeune homme gâté, adulé, encensé, choyé

depuis son enfance. Le patriotisme désintéressé
fait l'honneur et la gloire de l'aristocratie
anglaise, qui, par sa naissance et sa fortune,
est au-dessus des jalousies et des convoitises
vulgaires.

Après un instant de réflexion, le jeune duc
pose cette question à son interlocuteur :

« Croyez-vous donc sérieusement que la
vertu soit de toute utilité à l'homme d'État
anglais?

— En tout cas, il faut sauver les apparences.

— Et pour cela il est donc nécessaire de se
marier?

— A coup sûr. Quand on occupe une situation
importante, le mariage s'impose à vous comme
un landau à un médecin, ou un maître d'hôtel
à un évêque. »

M. Wootton se moque du jeune duc d'Hamilton
comme de l'an quarante! D'une part, il n'a pas
de fille à marier; d'autre part, il se tient, non
seulement pour l'égal, mais pour le supérieur
des ducs et des lords.

« Il y a cependant des exceptions; j'imagine,

par exemple, qu'une intrigue avec une grande dame doit trouver grâce devant le public.

— Cela dépend entièrement du caractère de la belle ! »

Disons, pour éclairer la situation, que lady Dawlish est une personne qui a fait beaucoup jaser; bien que n'étant plus jeune, elle est encore jolie; criblée de dettes, son mari la laisse libre de les payer comme elle pourra. Il a bien assez, soit d'apurer ses propres comptes, soit de retarder le quart d'heure de Rabelais. Bien qu'il n'ait aucune chance d'obtenir le divorce, il se peut qu'il le demande dans un accès de mauvaise humeur, au risque de scandaliser le pays tout entier.

Lord Dawlish croit que personne, en dehors de ses gens, n'est au courant de ses affaires privées; il ignore que la société, à force d'en avoir parlé, n'en parle déjà plus.

Quiconque se renferme en soi-même ressemble à l'autruche qui se cache la tête sous l'aile, et croit pour cela qu'on ne la voit pas. On laisse un fiacre devant la porte d'une petite dame, ou un mouchoir de poche brodé sur le lit d'un homme à bonnes fortunes; on s'imagine que jamais personne ne remarquera ni le fiacre ni le chiffre du mouchoir, ni ne regardera par le trou de la serrure. La passion nous met un bandeau sur les yeux : vérité vieille comme le monde.

Le jeune duc a posé la question très sérieusement à son interlocuteur. Il a horreur du scandale; il aime sa mère, personne pieuse et rigide. Ayant conscience de ses devoirs et des responsabilités qui lui incombent, il serait désolé de perdre l'estime de ses compatriotes; mais il a aussi un profond mépris pour lord Dawlish, homme grossier, brutal et joueur.

M. Wootton, prenant en pitié le jeune duc, poursuit :

« Ces sortes de liaisons sont dangereuses; toutefois je ne leur conteste pas une certaine utilité : elles servent à former un jeune homme aux belles manières; elles lui font connaître le cœur humain, tout en le préservant d'attaches inavouables et même de se marier trop tôt.

Mais elles sont périlleuses, si on en supporte
trop longtemps la chaîne, surtout s'il s'agit de
femmes qui ne sont plus de la première jeunesse. Celles-ci se cramponnent à une dernière passion, comme le naufragé à un mât. En
résumé, le plus sage est peut-être encore d'é-
viter les liaisons de ce genre et de s'en tenir aux
fantaisies passagères et coûteuses. A vrai dire,
les femmes du monde ne refusent pas toujours
les chèques (surtout quand elles ont des dettes),
bien qu'ils puissent devenir un argument terrible en cas de procès. Mais il est difficile de
rencontrer une femme à la fois discrète et pas-
sionnée. Là-dessus, bonsoir, mon cher duc. »

Rentré dans sa chambre, M. Wootton se frotte
les mains, il pense que la vengeance est douce.
Lady Dawlish, en effet, l'a mortellement froissé
à Sandringham, en citant les auteurs des mots
d'esprit et des anecdotes piquantes qu'il avait
racontés comme étant de son cru.

« Cristi ! je n'ai pas ménagé ce marjolet, »
se dit-il, et là-dessus il laisse tomber sa tête
sur l'oreiller.

VIII

A quelques jours de là, la châtelaine de Surrenden, après avoir pris connaissance d'un télégramme qu'on venait de lui remettre, dit
d'un ton précipité à son seigneur et maître :

« Allan va enfin arriver aujourd'hui pour
dîner.

— Comme vous voilà surexcitée! Je ne vois
pas, ma parole d'honneur, ce qu'il a de si sé-
duisant! C'est un fat dans toute la force du
terme.

— Ah! Georges! reprend-elle en regardant
son mari avec stupéfaction, et comme si elle

craignait qu'il n'eût un coup de marteau, aux yeux de Dorothée, son cousin Allan étant l'idéal de l'aristocrate anglais. — Ce n'est pas chez lui, poursuit-elle, qu'on trouvera un assortiment de négresses.

— C'est un poseur, vous dis-je, reprend lord Usk, qui a son parler franc. Allan jette de la poudre aux yeux, et cela suffit aux femmes.

— C'est vrai, nous aimons les manières engageantes, les propos aimables; malheureusement, on ne saurait dire que vous brillez par là. Mon cousin a le ton d'un homme qui respecte les femmes; sa réserve vis-à-vis d'elles peut vous sembler ridicule, de même qu'à votre ami Brandolin; mais, à notre époque, cela ne laisse pas d'avoir le charme de la nouveauté.

— Que le diable me pourfende! Lui, respecter les femmes! s'écrie lord Usk en riant aux éclats. Ma chère amie, quand on a comme vous passé l'âge des ingénues, on ne peut être censé ignorer les frasques d'Allan.

— Lui! je le tiens pour un homme du meilleur monde, ayant reçu, comme vous d'ailleurs, une excellente éducation. Il faut avouer qu'il y a longtemps de cela. »

Après avoir décoché cette flèche à son mari, Dorothée s'éloigne. Baste ! n'en sait-elle pas plus long que lui sur les sentiments des hommes ? Chacun a son mérite ici-bas. Georges est ferré sur la question chevaux, chiens, chasse à courre et chasse à tir ; mais, pour ce qui est de la psychologie, il est aussi ignare que le maître jardinier.

De son côté, lord Usk se dit à lui-même :

« Allons donc ! elle ne peut être éprise de Gervase. Il serait par trop fort qu'une femme qui n'a jamais bronché, et juste au moment où ses filles grandissent... mais ça se voit ! »

Lord Usk ne se rend pas bien compte du sentiment qu'il éprouve ; cependant, ce qu'il sait parfaitement, c'est que lord Gervase est d'une outrecuidance insupportable.

« Vertu de ma vie ! lui, respecter les femmes ! se répète-t-il. La vérité, c'est qu'il en est peu, très peu même parmi ces dames, qui nous en seraient reconnaissantes. »

Dans la journée, rencontrant la princesse Sabaroff, lord Usk l'aborda en disant :

« Nous aurons aujourd'hui un nouveau commensal, lord Allan Gervase.

— Vraiment! qui est-ce? dit la princesse d'un air distrait.

— Un ami de ma femme, ou du moins l'un de ses cousins. Je me figurais que vous deviez le connaître : il a été quelque temps en Russie.

— Non, je ne me rappelle pas ce nom-là. Qui est-ce?

— Un diplomate de grand avenir, prétend-on. Il possède un mérite qui tend à devenir de plus en plus rare avec le système des examens, dit Brandolin : savoir saluer et parler.

— Est-il de vos intimes? demanda la princesse à ce dernier.

— Non, une simple connaissance; je le soupçonne même d'avoir peu de sympathie pour moi.

— Pourquoi cela?

— Parce que je ne fais rien. Il s'imagine faire beaucoup pour son pays, soit qu'il fo-

mente une querelle, soit qu'il reçoive une dé-
coration.

— Êtes-vous sévère pour votre prochain! Le
monde doit beaucoup à la diplomatie; on le
comprendra mieux encore dans quelques
années, lorsque, au lieu de diplomates ayant
l'oreille des rois, il n'y aura plus que des em-
ployés suspendus aux téléphones.

— Il y a peut-être du vrai là dedans! Toujours est-il que Gervase et moi ne nous entendons guère, hormis en politique, et encore!
C'est un tory de la nuance Robert Peel, et moi
de celle de Pitt. Il y a loin de l'une à l'autre.

— Je sais; celui-là est opportuniste; celui-ci
optimatiste.

— Peut-être, » répond Brandolin.

A part lui, il se dit :

« Qui sait si elle ne connaît pas Gervase, bien
qu'elle l'ait nié tout à l'heure! Ses regards me
semblaient en désaccord avec ses paroles. »

Quand il s'agit de la princesse, la moindre
chose prend de l'importance aux yeux de Brandolin; il en est de même pour tout homme qui

ressent un commencement de passion pour une femme belle et séduisante. Il sait que Gervase a longtemps habité la Russie. Il le tient pour un homme suffisant et aux ambitions mesquines. En revanche, Brandolin produit sur lord Gervase le même effet que sur lady Usk : il le considère comme un aristocrate et un cerveau brûlé!

Entre temps, Xenia, seule dans sa chambre, poursuit le cours de ses réflexions et se dit :

« Il faudra bien que je finisse par le revoir un jour ou l'autre; je ne puis courir toutes les capitales de l'Europe pour l'éviter. Au reste, il est probable qu'il ne se rappelle ni mon visage ni mon nom. »

La princesse est presque tentée d'inventer un prétexte pour quitter Surrenden; et pourtant il lui semble indigne d'elle de fuir devant l'ennemi. Plus d'une fois déjà, elle a tourné la difficulté en modifiant ses plans et en se dégageant de ses promesses; mais, d'une part, ce serait se manquer à elle-même; et, d'autre part, faire trop d'honneur au susdit personnage. A quoi bon ajourner une chose inévitable?

A cette pensée, le visage de Xenia Sabaroff se colore ; son émotion l'humilie. Elle est fière, elle est courageuse, mais il lui reste au fond du cœur des souvenirs remplis d'amertume à l'égard de lord Gervase. Les femmes comme Mme Curson font bon marché des impressions de ce genre ; disons, pour parler plus clairement, qu'elles les enterrent par centaines dans leur mémoire, pêle-mêle, l'une sur l'autre, comme un tas de vieilles lettres, et qu'elles finissent même par oublier ces vestiges du passé. A vrai dire, la princesse ne ressemble pas à Mme Curson.

En somme, rien de plus facile que d'éviter lord Gervase, car c'est un de ces hommes dont les gazettes commentent tous les faits et gestes. Mais, cette fois-ci, le hasard a voulu les réunir sous le même toit. Pourquoi Xenia se sent-elle émue à l'idée de rencontrer celui qu'elle n'avait pas vu depuis sept ans ? Pendant que la femme de chambre de la princesse lui passe une robe de satin maïs, ornée de quilles en point d'Alençon, Xenia est singulièrement agacée ; à mesure qu'elle se rapproche du salon, sa

10

mauvaise humeur ne fait qu'augmenter. Elle
craint d'y rencontrer lord Gervase, qui a dû
arriver par le train de l'après-midi.

Ce jour-là, une pluie d'orage force tout le
monde à rester au château. Pour l'instant, on
est réuni dans la bibliothèque ; les enfants y
sont aussi. Par les fenêtres ouvertes monte une
douce odeur d'herbe mouillée. Les conver-
sations sont fort animées. Lord Usk tient à la
main un verre de kummel ; Brandolin joue avec
un griffon. Le nouvel invité cause avec la châtelaine et Nina Curson, près desquelles il se
tient debout. C'est un bel homme, grand, bien
fait, d'une tenue élégante et correcte, bref,
d'une distinction parfaite. Le lecteur a déjà
reconnu lord Gervase ; celui-ci ne peut voir les
personnes qui entrent, pas plus la princesse
qu'une autre. Mais quand Baby se précipite,
courant comme un petit fou au-devant d'elle,
bousculant tout sur son passage, piétinant sans
merci les traînes des belles dames, lord Gervase se retourne et paraît stupéfait en reconnaissant Mme Sabaroff.

« Est-ce bien la princesse Sabaroff ? » demande-t-il à lady Usk d'une voix qui trahit l'émotion.

Elle lui répond par un signe affirmatif et ajoute :

« C'est une de mes meilleures amies; vous ne la connaissez probablement pas; tout à l'heure je vous présenterai à elle; mon amie est aussi bien douée au physique qu'au moral. »

L'enfant, ayant attiré la princesse sur un sofa, grimpe à côté d'elle et la cajole en froissant sans merci sa robe de satin et ses points d'Alençon.

« Monsieur Baby, quel tyran vous faites! dit Brandolin en tenant d'une main une tasse de thé et de l'autre des sandwichs. Vos souliers et leurs boucles du XVIIe siècle ne sont pas des bibelots sans danger pour une belle toilette. »

L'enfant fait la moue et rejette ses cheveux en arrière; par exception, il obéit; Xenia Sabaroff s'occupe moins de lui que d'ordinaire; Brandolin, pas plus que le Baby, ne parvient à

capter l'attention de la princesse. Assise de
façon à tourner le dos à lord Gervase, elle parcourt du regard le salon, comme sous l'impul-
sion d'une irrésistible curiosité.

Ceci n'échappe pas à Brandolin, car la princesse exerce chaque jour sur lui une fascination
plus grande.

S'adressant à elle, il lui dit en indiquant
lord Gervase :

« Voici donc le phénix annoncé par lady
Usk ! »

A ces mots, le front de la princesse se rembrunit ; d'un ton froid, elle reprend :

« Lady Usk se contente de peu ; grâce à sa
propre amabilité, elle voit la perfection partout.

— C'est une qualité inappréciable dans un
monde aussi imparfait que le nôtre. Cela vaut
mieux que de voir tout en noir. Si notre imagination fait que les gens nous paraissent ce
que nous voudrions qu'ils fussent, il faut se
féliciter d'être optimiste.

— Je déteste l'optimisme, réplique la princesse. C'est absurde et faux. Suivant moi, notre Dostoïevsky est un romancier plus fort que Dickens ; la faiblesse humaine est si grande, qu'il faut bien s'appuyer sur quelque chose et croire.

— On aime à entendre une femme émettre cette pensée, répond Brandolin ; pour mon compte, je ne vois pas la nécessité de croire. Je puis espérer, regretter, désirer, et même, dans certains moments, désirer ardemment ; mais croire, oh non ! »

Puis, avec cette inflexion de voix qui a toujours eu pour effet d'exciter la sympathie du beau sexe, il ajoute :

« Je pourrais peut-être croire en une femme. »

Mme Sabaroff sait mieux se défendre que la plupart de ses pareilles ; après un moment de silence, elle dit d'un ton langoureux :

« Celui qui croit est capable d'amour ; il n'y a là rien de nouveau.

— Où trouver maintenant du nouveau ? Aimer et ne pas croire en l'objet aimé serait trop cruel.

— C'est vrai. »

Là-dessus la princesse se lève et se rapproche des autres femmes. Brandolin, sans être un fanfaron comme Hamilton, est cependant habitué aux succès faciles. La froideur de la princesse l'a surpris et mortifié. En sa qualité d'Anglais, il voudrait se persuader que le mystère n'a pour lui aucune fascination. On ne peut nier cependant l'attrait qu'il exerce sur les caractères romanesques.

Lord Gervase, assis à côté de Nina Curson, lui demande à mi-voix :

« Qui est cette dame ? celle-là même qui nous tourne le dos ? Lord Brandolin a l'air fort empressé près d'elle.

— Cherchez bien dans vos souvenirs de Russie. Vous y trouverez probablement le nom de la belle personne que vous voyez là-bas.

— Ah ! c'est une Russe ? La princesse Sabaroff, je gage. »

« Tiens ! pourquoi prétendait-il tout à l'heure ne pas la reconnaître ? »

Elle reprend à haute voix :

« Oui, vous avez dû la voir à Saint-Péters-bourg.

— Je vous avouerai, pour ce qui est de Saint-Pétersbourg, que le baccarat seul a laissé sur mes souvenirs et sur ma fortune une impression durable. Maintenant, je me rappelle, en effet, qu'à la suite de certains commérages Anatole Sabaroff, son mari, a envoyé un cartel à Leinitz, cartel suivi de duel et de la mort des deux adversaires.

— Ce n'est pas aux Anglaises qu'il arrive de ces aventures romanesques. Nos maris meurent d'indigestion ou d'un refroidissement, après la chasse au renard.

— C'est très extraordinaire.

— Quoi? la chasse au renard?

— Non, le hasard des rencontres.

— Le globe n'est pas si vaste, ni nos relations si étendues. C'était tout différent du temps de Roméo et Juliette; il suffisait d'aller à Mantoue pour échapper aux regards scruta-teurs des habitants de Vérone. Aujourd'hui, si vous voulez fuir la société de Londres, vous la rencontrez encore à Yeddo et au Yucatan.

— La fidélité était chose aussi simple alors que d'apprendre à lire, à écrire et à compter. »

« Lord Gervase a l'air de dire qu'il a planté là Mme Sabaroff; mais c'est un tel flagorneur, qu'on ne peut le prendre au sérieux, » pense Mme Curson.

Se tournant vers Gervase, lady Usk dit :

« Permettez-moi, mon cousin, de vous présenter à Mme Sabaroff; depuis que vous êtes dans le salon, vous n'avez d'yeux que pour elle.

— C'est une fort belle personne; elle doit être le point de mire de tous les regards, » réplique lord Gervase.

S'il n'avait eu une aussi grande habitude du monde, il aurait avoué que cette présentation ne lui était rien moins qu'agréable.

Nina Curson l'observe attentivement, pendant que lady Usk fait la présentation.

« Je crois avoir eu l'honneur, princesse, de vous rencontrer à Saint-Pétersbourg, dit-il en faisant bonne mine à mauvais jeu.

— Je ne le pense pas, » répond-elle froide-
ment.

Les mots sont insignifiants. C'est le ton qui
fait la musique. Pour la première fois de sa vie,
lord Gervase se sent gêné. Brandolin, tout en
jouant avec le griffon, écoute et observe; lady
Usk reprend :

« Il y a si longtemps, ma chère amie, que
lord Gervase était en Russie, que vous l'aurez
oublié; il portait alors le nom de Beard, son
père étant encore de ce monde.

— Elle ne daigne pas me reconnaître, »
répond-il.

Mme Curson en conclut qu'il a été jadis au
mieux possible avec la princesse.

« Quelle rebuffade ! dit l'un.

— Quel affront ! » dit l'autre.

Lord Gervase, désappointé, irrité, ennuyé,
mortifié, humilié, furieux en un mot, ne peut
se dissimuler qu'il a été remis à sa place. Tous
les commensaux de lord Usk en ont été té-
moins.

« Mais pourquoi, diantre, ma cousine ne

m'a-t-elle pas prévenu que la princesse était à Surrenden? » se dit-il.

Il oublie que Dorothée ignorait complètement que Mme Sabaroff et lui se fussent jamais vus.

« Sept ans! Quelle éternité! »

Mme Sabaroff est belle, plus belle que jamais; lord Gervase ne cesse de l'admirer, tout en racontant des balivernes à lady Dawlish. Mais la princesse ne lève pas les yeux sur lui; le moment si redouté par elle est enfin passé. Elle s'applaudit de son raidissement de courage, ou pour mieux dire de cette preuve d'indifférence.

Est-il possible, pense-t-elle, que j'aie aimé ou cru aimer cet homme? »

Pendant le reste de la soirée, lord Gervase évite de se rapprocher d'elle, et paraît fort empressé près de Nina Curson.

IX

Lord Gervase, bien que cousin à un degré très éloigné de lady Usk, avait ses grandes et ses petites entrées le matin dans le boudoir de Dorothée; tous deux prétendaient que la sympathie réciproque resserre les liens de parenté, comme la vapeur rapproche les distances.

La pièce, style Louis XV, est tendue d'étoffe du temps. Des éventails anciens sont disposés de la façon la plus originale. Lady Usk est assise devant un bureau peint par Fragonard, sur lequel est posé un encrier ayant appartenu

dit-on, à Mme de Parabère. C'est dans ce boudoir, aussi coquet qu'élégant, que la châtelaine
dépouille sa correspondance, chose fort complexe et absorbante, car Dorothée passe à
juste titre pour une femme habile et de bon
conseil.

Lord Gervase raconte avec animation des his-
toriettes dont il est le héros ; les amis de lady
Usk lui confient souvent leurs secrets ; d'une
part, elle est encore assez jeune pour être d'un
commerce agréable, et, d'autre part, assez âgée
pour écouter d'une oreille indulgente le récit
que les hommes lui font de leurs amourettes.
On a parfaitement raison de se fier à sa pru-
d'homie et à sa discrétion. On la trouve aimable,
c'est à quoi elle tient. Gervase, entre tous, a le
don de l'amuser; pour l'instant, il fume une
des meilleures cigarettes de lady Usk, examine
quelques bibelots, suggère une modification
dans la disposition des tableaux, ou critique
un éventail.

Tout en regardant attentivement un coffret
vernis Martin, il dit avec indifférence :

« Quand donc, ma cousine, avez- vous fait la connaissance de Mme Sabaroff?

— L'année dernière, à Cannes. Pourquoi cette question? Elle est venue chez nous à Pâques: c'est une femme ravissante, n'est-il pas vrai?

— Ravissante. Savez-vous quelque chose de son passé?

— J'en sais, je pense, autant que tout le monde; la première fois que je l'ai vue, c'était chez la duchesse de Louines. C'est tout dire, ça!

— C'est vrai! répond Gervase d'un ton qui manque de conviction.

— Bonté divine! que les hommes sont mauvais! s'écrie lady Usk. Leurs louanges déguisent souvent les plus noires insinuations. Ils entament une réputation d'un froncement de sourcils ou en se tortillant la moustache.

— Je n'ai pas de moustache à tortiller, et encore moins l'envie de dénigrer personne.

— Alors pourquoi cet air mystérieux en me demandant où j'ai fait la connaissance de la princesse?

—N'est-ce pas une question toute simple?

— C'est votre ton qui fait qu'elle ne l'est pas.
L'on sait que vous avez habité la Russie, et
delà mille et mille suppositions, car personne
n'ignore que le prince a été tué en duel à
propos de sa femme. L'univers entier en a parlé.

— On ne peut mettre un écrou sur la bouche
des gens. »

Lord Gervase, profitant de la tournure d'esprit de sa cousine, continue la conversation sur
ce sujet; la façon dont il parle de la vertu de
Mme Sabaroff n'est rien moins que probante.

« La princesse, je vous l'affirme, mon cousin, est reçue dans le meilleur monde.

— Pourquoi pas?

— Vos réticences sont agaçantes. »

Dorothée est vexée, irritée; elle a pris Xenia
Sabaroff en grande amitié, et si lord Gervase ne
dit rien, à coup sûr il n'en pense pas moins.

« Dorénavant, se dit-elle, les enfants reste-
ront plus longtemps dans la salle d'étude et se
promèneront moins souvent avec la princesse. »

A l'âge de ses filles, prudence est mère de sûreté. Miséricorde! Hermione et sa sœur sont déjà assez avancées pour leur âge.

Ainsi qu'il arrive si souvent dans le monde, les amitiés de Dorothée Usk sont à la fois vives et éphémères. Lord Usk n'a pas complètement tort en comparant sa femme à une girouette. Au demeurant, qui peut se vanter d'être insensible à l'action du temps! Rien n'étant plus suranné que d'être bégueule ou collet monté, lady Usk se montre tolérante pour les femmes d'une réputation douteuse. Au fond, ce n'est pas qu'elle les approuve; sa réputation est bien nette, son mari n'a jamais eu l'ombre d'un reproche à lui adresser. Elle est trop occupée pour mener la vie en partie double. Elle n'a aucune sympathie pour les femmes légères, mais elle se garde de le laisser voir. Le rigorisme à outrance est si épicier et si bourgeois ! C'est pourquoi elle dissimule tant qu'elle peut son antipathie pour lady Waverley. Si bien des gens vertueux s'imposent le supplice de sourire à la vertu, il en est d'autres, comme

Dorothée, à s'imposer le martyre de l'indulgence envers celui qui pèche. Aujourd'hui, une conscience timorée expose au ridicule.

« Ah! que Georges serait content, s'il découvrait que Mme Sabaroff n'est pas plus impeccable que la plupart de ses congénères; il se livrerait à ce sujet à des plaisanteries sempiternelles. »

Mme Sabaroff, il faut l'avouer, laisse Brandolin lui faire la cour plus que de raison; de ce manège un mariage peut parfois résulter ; mais Brandolin n'est pas un épouseur. Les propos qu'il a entendu tenir sur la princesse lui font supposer sans doute que ses efforts seront couronnés de succès, comme disent les vaudevillistes français, sans songer au bon motif, bien entendu.

Lady Usk tient Brandolin pour un homme sans principes. Il dépasse même, sous ce rapport, ce qu'on tolère généralement dans le monde; le ton railleur et sceptique qu'il affecte à propos de tout est odieux à la châtelaine.

A cet instant entre lord Usk, une poignée de lettres à la main ; il dit à sa femme :

« Vous n'avez pas l'air de bonne humeur, Dorothée ; sur quelle herbe avez-vous donc marché ?

— Chacun de nous a des motifs de préoccupation, répond-elle.

— La Providence a voulu ainsi diminuer l'attrait et le charme de la vie présente, » répond lord Usk sur le ton d'un Père de l'Église.

Sa femme garde le silence en frisant sur ses doigts la queue de son chien maltais.

C'est à Dorothée qu'incombe la tâche de répondre à toutes les lettres qui ennuient lord Usk ; il y en a par douzaines.

« Pourquoi ne pas charger M. Bruce d'écrire à tout ce monde ? dit lady Usk d'un ton acerbe (M. Bruce est le secrétaire de lord Usk).

— Parce qu'il ne fait que des sottises, riposte le châtelain.

— Alors congédiez-le, dit sa femme, bien qu'au fond la confiance que lui témoigne en cette circonstance son seigneur et maître, la flatte comme un compliment.

— Les secrétaires ne sont jamais que des sots, répond lord Usk.

— Même les secrétaires d'État! riposte M. Wootton, qui a ses petites entrées dans le boudoir de la châtelaine. A propos, savez-vous que Coldsfoot épouse miss Hoard?

— Vous voulez rire? s'écrie lady Usk.

— Non pas. Ils sont en ce moment en villé-giature chez Dunrobin. Lord Coldsfoot héritera du titre de duc, et sa fiancée d'une immense fortune gagnée dans la métallurgie.

— C'est impossible! reprend lady Usk; elle a une épaule plus haute que l'autre et les yeux rouges comme un lapin russe.

— On lui donne six millions de dot, réplique M. Wootton.

— Que va dire Mme Donnington? s'écrie lord Usk.

— Que voulez-vous qu'elle dise? répond Wootton.

— C'est révoltant! reprend lady Usk. Il y a

parmi les parvenus des gens très sortables, mais elle, fi donc ! Qui plus est, Coldsfoot est un jeune homme accompli.

— C'est ce que les Français appellent un mariage de raison, dit lord Usk. Quant à ce fameux titre de duc, il est troué comme une vieille bouilloire d'étain ; le fer et l'or de miss Hoard serviront à l'étamer très proprement. Votre ami Worth taillera les robes de lady Coldsfoot, de façon que, l'année prochaine, ce sera bien porté de ne pas avoir les deux épaules en parfaite équation.

— Pour ce qui est du bonheur des deux futurs, personne n'y songe !

— Hélas ! le bonheur est mort et enterré avec Strephon et Chloé. On s'amuse ou l'on s'ennuie ; on a du succès ou des échecs ; on est populaire ou impopulaire ; on est quelqu'un ou personne ; mais quant à être heureux ou malheureux, voilà ce que nous ne saurions plus être.

— Les gens qui ont du cœur sont encore capables d'être l'un ou l'autre.

— Du cœur !

— Nous avons changé tout cela !

— Quand nous avons une passion malheureuse, remarque M. Wootton, on nous envoie
faire une cure à Carlsbaden. C'est une affection
de foie.

— Ou une maladie nerveuse, suggère lord
Usk. Flirter, mon cher, à la bonne heure ! Cela
ne fait de mal à personne. C'est comme la pâte
feuilletée, l'eau de Seltz et les cigarettes
turques.

— La pâte feuilletée peut être indigeste à un
certain âge, dit lady Usk en jetant un regard à
son mari.

— Il faut toujours que ma femme me lance
mon âge à la tête. La vérité, c'est qu'un homme
n'a jamais que l'âge qu'il s'imagine avoir.

— Vous dénaturez la citation, il faut dire :
une femme n'a jamais que l'âge qu'elle paraît
avoir.

— Diable ! c'est bien élastique. Par exemple,
lorsqu'une femme belle et parée fait son entrée
dans un bal à minuit, on lui donnerait vingt ans,

et la cinquantaine quand elle remonte dans son coupé à cinq heures du matin ; si, fringante et pimpante, elle se rend à un rendez-vous, on croirait qu'elle a seize ans. Mais, lorsqu'elle gronde sa femme de chambre ou fait une scène à son mari, c'est une vieille de soixante ans !

— Et lui, riposte lady Usk, il a vingt-cinq ans quand il part en garçon pour Paris, et cinquante-neuf quand il bougonne dans son intérieur.

— Parce qu'on y trouve l'ennui sous toutes ses formes. La gaieté et la jeunesse ne font qu'un : tant que l'on rit, l'on est jeune ; mais votre femme est un rabat-joie perpétuel : il faut payer ses notes, l'accompagner aux bals officiels, être assis en face d'elle à table. Attrapez-vous un rhume, elle répète à satiété : « Je vous l'avais bien dit ! » Est-il un homme à pouvoir se rappeler une heure, une seule heure de son existence, que sa femme ait rendue agréable !

— Alors, pourquoi m'inciter à faire des mariages ?

— Parce que je tiens à la bonne réputation de ma maison ; je n'entends pas que Surrenden passe pour une succursale des Folies-Bergère.

— Vous vous plaignez sans cesse de vous ennuyer ici.

— Dame ! c'est inévitable chez soi. On n'a pas même la liberté de choisir la femme que l'on doit conduire à table.

— Vous prenez votre revanche après dîner, en faisant la cour à qui bon vous semble. »

Lord Usk, se tournant vers Wootton, dit :

« Bon Dieu ! comme Dorothée est maussade aujourd'hui ! Je parierais que ses poules se battent à propos d'un coq.

— Je voulais précisément vous demander si vous avez jamais entendu dire que lord Gervase a passé jadis pour être au mieux avec Mme Sabaroff, dit Wootton. Des Russes prétendaient que... Ma foi !...

— Comme vous déchirez le prochain, monsieur le critique, dit lady Usk, furieuse. Il est vrai que l'habitude est une seconde nature. Dieu merci, certaines réputations sont des plantes robustes, qu'une bourrasque ne suffit pas à déraciner.

— Loin de moi l'idée de vouloir attaquer en rien Mme Sabaroff; seulement votre cousin ayant été secrétaire à Saint-Pétersbourg...

— Ce n'est pas une raison pour qu'il fût au mieux possible avec toutes les femmes de Saint-Pétersbourg.

— Mais je suis à cent lieues de vouloir rien insinuer de pareil.

— Je me permets de croire tout le contraire, murmure lady Usk.

— Il professait pour elle la plus vive admiration et passait pour son adorateur en titre, poursuit Wootton; il m'a paru singulier qu'il ne lui adressât pas la parole.

— Elle ne l'aura pas reconnu.

— Oh ! les femmes ont comme personne le don de se souvenir ou d'oublier.

— Oui, reprend lord Usk, chez elles la mémoire est une éponge ou une toile cirée, suivant que cela leur est utile ou agréable.

— A l'époque où Gervase, alors lord Beard, habitait la Russie, Xenia n'était qu'une enfant, pour ainsi dire.

— Elle était déjà mariée.

— A une brute.

— Tous les maris sont des brutes, réplique lord Usk en éclatant de rire, et toutes les femmes sont des anges. C'est écrit.

— Je ne demande pas à être appelée un ange, riposta lady Usk en se rebiffant.

— Vous n'avez pas cela à craindre; vous êtes dépourvue d'ailes, ma chère Dorothée, et vous avez du sel sur la langue.

— En cherchant à me dire une impolitesse, Georges, vous ne réussissez qu'à me tourner un compliment. »

S'adressant à lord Gervase, Dorothée ajoute :

« Je serais désireuse de savoir, Allan, ce qu'il y a de vrai ou de faux dans l'histoire de vos relations avec Mme Sabaroff. Tout le monde en jase; je tiens à connaître la vérité. Nina Curson, qui n'est pas la charité personnifiée, prétend qu'à Saint-Pétersbourg les détails circonstanciés de votre liaison avec la princesse sont connus de tout le monde; je ne puis, en conscience, en savoir moins que les autres.

— En ce cas, adressez-vous à Mme Curson, répond Allan d'un ton sec.

— Non pas. Je préfère m'en expliquer avec vous, mon cousin, plutôt qu'avec une étrangère. Votre silence me donne à penser que vous auriez fait la cour à la princesse en pure perte.

— C'est ce qui vous trompe, ma cousine !

— Expliquez-vous, mon cousin !

— Je craindrais de démériter à vos yeux, si je vous disais la vérité.

— Par une singulière prescription, les hommes se croient dispensés de la dire quand il s'agit des femmes.

— Quelle exagération ! Si je vous faisais une confidence, garderiez-vous mon secret ? La prudence me conseille de me taire ; Mme Sabaroff me traitant comme un étranger, je dois me soumettre à cet arrêt.

— Vous l'avez connue en Russie ?

— Elle y faisait la pluie et le beau temps ; elle est restée mariée une année au plus. A cette époque, j'ai eu l'honneur de son amitié ; si elle me la retire aujourd'hui, il faut m'y résigner. »

Lady Usk pousse un soupir d'ennui. Après
tout, les médisants pourraient n'avoir pas tort;
elle regrette que ses enfants aient tant fréquenté
la princesse. Elle est furieuse de penser que
lord Usk a eu raison de prédire que dans tout
cela elle n'était qu'une jobarde.

Lord Gervase reprend :

« A votre place, je renoncerais à mes inves-
tigations. »

Lady Usk, frappant sur son buvard avec sa
plume d'or, ajoute :

« Elle devait être très jeune alors?

— Oui, très jeune; mais un mari tel que
Paul Sabaroff suffit à donner à une femme une
expérience prématurée. Elle avait seize ans,
était déjà très belle, et sa beauté n'a fait que se
développer depuis lors. La princesse m'avait
pris pour confident de ses chagrins. J'ai su par
elle que son père l'avait mariée à Sabaroff pour
s'exonérer d'une dette de jeu. A la suite d'une
scène de jalousie, son mari, aussi joueur que
brutal, l'envoya dans un de ses châteaux sur les
bords de la mer Blanche.

— Il va sans dire que c'était de vous qu'il était jaloux? »

Gervase, par un signe affirmatif, donna à entendre que oui, et reprit :

« La réclusion de la princesse équivalait à un véritable emprisonnement; après avoir fait l'impossible, j'ai réussi une ou deux fois à la voir. Paul Sabaroff ayant découvert mes lettres à sa femme, la jalousie qu'il en ressentit ne connut plus de bornes. A ce moment, je reçus une mission pour l'Espagne; vous devez vous rappeler que j'ai quitté la Russie le cœur brisé. A partir de ce jour, je n'ai plus entendu parler de la princesse.

— Mais votre cœur brisé n'en a pas moins continué à battre pour elle.

— C'est une façon de parler. La vérité, c'est que je l'adorais, et que son mari n'était qu'un butor. Lustoff, en tuant Sabaroff, a débarrassé la société d'un imbécile. Vous n'êtes pas sans avoir remarqué, ma cousine, le large bracelet que la princesse porte au-dessus du coude droit, et dont tout le monde a parlé. C'est pour cacher l'endroit où un soir, dans un accès de colère, Sabaroff lui a cassé le bras. »

Lady Usk reste silencieuse. Elle est à la fois touchée de ce qu'elle vient d'apprendre et contrariée de voir qu'après tout la princesse ressemble à tant d'autres femmes, comme lord Usk l'a prétendu.

« Vous sentez bien, reprend lord Gervase, que, puisque Mme Sabaroff feint d'ignorer le passé, je dois me soumettre à sa volonté, si peiné que j'en puisse être.

— Quel hypocrite! Après la mort de son mari, vous n'aviez qu'à traverser l'Europe pour la revoir, et vous ne l'avez pas fait.

— Pour cela, il eût fallu être libre de ses mouvements. Je vous affirme que c'est la femme que j'ai le plus aimée au monde.

— C'est le cas ou jamais de répéter que l'homme est poussière et retourne en poussière!

— Bon Dieu! si je n'en suis pas mort, je n'en ai pas moins beaucoup souffert, qu'il vous plaise ou non de le croire.

— Eh bien ! je me permets de douter de vos souffrances.

— J'ai écrit nombre de fois à la princesse.

— A-t-elle répondu à vos lettres ?

— N...on, réplique Gervase, visiblement embarrassé ; elle ne m'a jamais écrit, soit qu'elle en ait été empêchée par la crainte d'une indiscrétion, soit par la surveillance excessive qu'on exerçait sur elle ; ses lettres ont pu être interceptées ; personne n'en peut rien savoir.

— Sauf la princesse, bien entendu.

— De Saint-Pétersbourg je suis allé à Madrid, et il y avait déjà deux ans que le prince était mort quand je l'ai appris.

— C'était alors le cas de venir d'une traite de Madrid à Saint-Pétersbourg, pour demander la main de la princesse.

— Oh ! j'avais fait la connaissance d'une Espagnole...

— Quel Lothario ! et alors, manilles, mandolines, balcons, courses de taureaux, clairs de lune, rendez-vous, vous occupaient nuit et jour.

De quelque façon que vous racontiez votre histoire, vous n'y jouez pas un beau rôle.

— Je n'ai aucune prétention à l'héroïsme ; je laisse cela à lord Brandolin ; il a fait cinq cents fois naufrage, a usé de tous les moyens de locomotion, a monté autant de dromadaires que le général Gordon...

— Allons! allons! si la princesse vous était si indifférente, vous vous préoccuperiez moins des hauts faits de Brandolin.

— Que vous êtes rebelle à la sympathie, ma cousine !

— Georges prétend au contraire que j'en ai à revendre. Du reste, en quoi la méritez-vous ? Il résulte de votre récit que vous avez fui comme un Lovelace. Au lieu de vous rendre en Russie, les senoras et les senoritas vous ont bel et bien retenu captif sur les bords du Mançanarès.

— Ah ! ma cousine !

— Il est clair que, avec vous, un amour chasse l'autre.

— Mais y pensez-vous? Quatre ans s'étaient

écoulés sans que Mme Sabaroff m'eût donné signe de vie.

— Raison de plus pour l'aimer et l'estimer davantage. Vous êtes à la fois galant et inconstant. Qui pourrait vous plaindre de vous être si aisément consolé? En réalité, vous devriez être fort reconnaissant à la princesse de ne pas vous avoir envoyé des volumes de reproches et des télégrammes compromettants. A vrai dire, vous n'avez rien fait pour rallumer le feu éteint. Il vous eût été si facile d'aller la rejoindre! Elle ne peut faire quatre pas sans que les gazettes en informent le public; j'ai la conviction que vous ne teniez aucunement à la revoir; puis, quand le hasard vous l'a fait rencontrer dans une maison amie, vous avez été tout étonné qu'elle ne se jetât pas dans vos bras. De bonne foi, comment peut-on admettre que vous lui inspiriez encore le moindre intérêt? »

Dorothée ne tient pas la pauvre humanité en haute estime, elle connaît trop les hommes pour voir en eux des héros; cependant elle voudrait que, lorsqu'ils aiment, ce soit avec passion. Or son cousin en est incapable.

« Saviez-vous que la princesse a une grande fortune? dit lady Usk à son cousin.

— Vraiment! Pourtant Sabaroff avait perdu au jeu presque tout ce qu'il possédait. Vos enfants racontent des choses invraisemblables sur la richesse de votre amie. Cela doit être exagéré.

— Pas le moindrement. On a découvert une mine d'argent dans ses propriétés des monts Ourals.

— Ah ! »

Lord Gervase écoute sa cousine d'un air de grande indifférence, mais les yeux pénétrants de Dorothée lisent au fond de l'âme d'Allan qu'il n'est pas sans se reprocher sa conduite.

« Pourquoi, mon cousin, n'avez-vous pas cherché à renouer connaissance avec Xenia Sabaroff?

— Les circonstances ne s'y sont pas prêtées; mais, ma parole d'honneur, c'est la femme que j'ai le plus aimée.

— Les hommes disent toujours cela; ainsi, Georges prétend que sa plus grande passion a été pour une cuisinière de Christ-Church.

— Ne plaisantez pas ainsi, de grâce.

— La princesse vous aura complètement oublié, soyez-en sûr. »

Dorothée sait que pareille insinuation est toute-puissante pour raviver chez les hommes une passion éteinte.

« Si la princesse m'avait oublié, elle se montrerait indifférente et polie; or elle est froide et impolie.

— Cela peut être l'effet du ressentiment.

— Le ressentiment implique le souvenir.

— Pas toujours.

— Elle a un grand nombre de lettres que je lui ai écrites.

— Qu'est-ce qui vous fait supposer qu'elle les ait gardées? Elle peut avoir eu depuis lors d'autres correspondants, plus aimables encore.

— Ce n'est pas une femme d'une vertu facile.

— Brandolin paraît très empressé près d'elle

et la princesse n'a pas l'air d'en être autrement
fâchée; il passe pour écrire aux femmes de
délicieuses lettres; quant à moi, je n'en sais
rien, car il ne m'a jamais adressé que des billets à propos d'invitations à dîner ou de choses
de peu d'importance. On dit même que, quand il
rompt avec une femme, elle lui pardonne, tant
il écrit divinement sa lettre d'adieu.

— Le talent littéraire de lord Brandolin n'a
aucun intérêt pour moi, ma cousine; par contre,
je vous aurais une vive reconnaissance de tâter
le terrain et de me dire...

— Quoi?

— Ce qu'elle pense de moi; bref, comment
je dois me comporter avec elle.

— Non, mon cher Allan, non; je ne suis pas
avec Xenia sur le pied de l'intimité; nous
sommes fort bien ensemble, mes enfants l'ado-
rent, mais de là à nous faire des confidences,
il y a loin.

— Vous avez tant de tact!

— Plus on a de tact, moins on se soucie de
rappeler aux autres ce qu'ils veulent oublier.

Après tout, cela vous regarde, et vous n'êtes pas timide.

— Mais les femmes, ma chère cousine, ont cent façons indirectes d'arriver à leurs fins; rien ne vous serait plus facile que de me dire si la princesse est fâchée ou non contre moi et s'il serait imprudent de lui rappeler le passé.

— Un proverbe français dit qu'il ne faut jamais mettre le doigt entre l'arbre et l'écorce.

— Oui, mais on l'applique surtout aux gens mariés.

— Lorsque vous parlez de renouer connaissance avec la princesse, je doute fort, je vous l'avoue, que ce soit pour le bon motif.

— Peste! quel dragon de vertu vous êtes! Croyez-vous que tous vos hôtes poursuivent un but moral? »

Lady Usk est vexée, car elle se fait un point d'honneur de paraître ignorer les sentiments qui attachent ses hôtes couple par couple, comme les tourterelles sont attachées ensemble par des rubans bleus.

« Si vous comptez sur moi pour réveiller les

sentiments de Mme Sabaroff en votre faveur,
vous vous trompez, mon cousin; à dire vrai,
j'espère même que vous échouerez dans votre
entreprise. »

En ce moment, on aperçoit entre les ifs et
les cèdres, par la fenêtre ouverte, Xenia Sabaroff et Brandolin. Il a l'air respectueux et empressé. Lord Gervase, en désignant du doigt ce
dernier, dit à sa cousine :

« Croyez-vous qu'il soit plus favorisé que
moi ? »

La princesse marche lentement et avec grâce;
elle paraît écouter d'une oreille bienveillante
son interlocuteur. Elle ne porte pas de chapeau; d'une main, elle tient un parasol de
dentelle blanche, doublé de soie rose, et, de
l'autre, un bouquet.

Leur conversation, quoi qu'on en puisse
penser, roule uniquement sur les poètes français.

« D'une part, aucun lien de parenté n'existe
entre moi et lord Brandolin et, d'autre part, il
ne sollicite pas mon intervention, dit Dorothée,

en voyant, non sans un certain déplaisir, celui-ci se promener tête à tête avec la princesse. Je ne fais pas la police pour les autres, mais au cas où il m'eût priée d'intercéder en sa faveur, je m'y serais également refusée.

— Il n'a probablement besoin de l'intervention de personne, réplique Gervase.

— Probablement, répond Dorothée toujours habile à attiser le feu qui s'éteint. D'ailleurs, inversement aux autres femmes, je ne ressens aucune sympathie pour lord Brandolin. »

Là-dessus, lady Usk quitte lord Gervase pour aller recevoir des voisins de campagne, qui ne parleront, vraisemblablement, que de l'exposition de volailles du comté. La marquise de Caillac, alors au salon, se permet cette remarque :

« Sont-ils assommants avec leurs poules ! »

Puis elle se pâme d'étonnement à la vue d'une duchesse douairière, qui porte de grosses chaussures, un waterproof et un chapeau rond noué sous son double menton avec des brides noires.

« Quel paquet ! murmure la marquise de Caillac.

— Peuh ! c'est la vertu anglaise un peu démodée, » répond lord Iona en bâillant.

X

Lord Gervase, vexé, énervé, mais plus fasciné
encore par la présence de son Ariane moscovite, s'est décidé à rester à Surrenden. Les assi-
duités que rend lord Brandolin à la princesse
ont ravivé les sentiments du diplomate pour
cette belle personne. En affirmant tout à l'heure
à sa cousine que Mme Sabaroff est la seule
femme qu'il ait jamais réellement aimée, lord
Gervase disait la vérité. Mais l'indifférence
absolue que lui témoigne la princesse l'irrite,
le blesse, l'attire et le magnétise tout à la fois.
Un homme à bonnes fortunes comme lui ne

peut accepter un rôle aussi effacé. S'il eût vu la
princesse, intimidée, agitée, contrariée, décon-
tenancée, il eût pu comprendre l'impression
qu'elle ressentait. Bref, elle semblait ne pas
faire plus de cas de lui que des jeunes godelu-
reaux réunis à Surrenden. Hélas ! le regard de
la princesse ne témoignait ni souvenir ni émotion en sa présence, elle ne rougissait ni ne
pâlissait à son approche.

Or, comme les affaires de cœur n'étaient pour
lord Gervase que des questions de vanité, il est
probable que, si Xenia l'avait flatté dans son
amour-propre, il ne se fût point repris à l'aimer ; mais moins elle s'occupait de lui, plus il
cherchait à fixer son attention. Il se demandait
souvent si elle conservait encore les lettres qu'il
lui avait écrites. Bien qu'elles eussent huit ans
de date, il n'avait pas oublié certains passages
dont le ton passionné compromettrait singulièrement sa carrière, ou tout au moins ferait
considérablement jaser, au cas où le public en
aurait connaissance. Il cherche dans sa tête où
elles peuvent être. Mme Sabaroff les a-t-elles

conservées ? Il voudrait le lui demander, mais il n'ose. Il n'a garde de raconter à lady Usk qu'il a déjà parlé de ses lettres à la princesse et qu'elle a fait la sourde oreille. Elle n'est plus aujourd'hui l'enfant timide que Gervase a connue en Russie, accablée sous le poids de ses infortunes, alarmée plutôt que flattée de ses succès. Depuis lors, elle a conscience de son mérite et de sa puissance. L'expérience lui a appris à deviner les vues et les desseins des autres, sans jamais rien laisser percer des siens. A la cour de Saint-Pétersbourg on l'appelait le saule pleureur, tant sa sensibilité était grande; maintenant ses yeux restent secs.

Gervase est profondément surpris de l'effet que produit sur lui la présence d'une femme dont il avait oublié jusqu'à l'existence. Ayant horreur de toute émotion, il s'arrange de façon à n'être jamais la victime de ses galanteries.

L'amour-propre est un ressort tellement puissant dans la machine humaine, que, si la princesse eût montré quelque trouble à la vue de Gervase, celui-ci n'eût pas cherché à remuer le passé. Mais la froideur de Mme Sabaroff l'irrite et l'attire tout à la fois. En outre, l'admiration que les autres hommes lui témoignent, et celle de Brandolin en particulier, est comme un aiguillon qui excite ses sentiments et réveille son amour. Venait-on à prononcer devant lui le nom de la grande dame russe, il se plaisait à se la représenter dans un château au bord de la mer Baltique, n'ayant de pensée que pour lui ; bien entendu que, en pareille conjoncture, une femme n'a garde de chercher à s'en laisser conter. Cependant, en la voyant recherchée, courtisée, fêtée, adulée, et plus belle que jamais, il n'est pas sans se reprocher son inconstance vis-à-vis d'elle.

Les cancans de Nina Curson vont leur train. Les hôtes de Surrenden se mettent à observer avec plus d'attention Mme Sabaroff, la suivent de l'œil et commencent à voir dans sa conduite une infinité de choses qui n'existent pas ; ils se creusent l'esprit pour se rappeler ce qu'ils n'ont jamais entendu dire au sujet de lord Gervase et de la princesse Sabaroff. Pas l'ombre d'un fait

ne peut être cité à l'appui. Mais cela n'empêche
pas les coups de langue de Mme Curson ; pour
arriver à ses fins, la médisance est son arme
favorite. En ce moment, elle poursuit un double
but : congédier Laurence Hamilton et s'appro-
prier lord Gervase. Il faut donc à tout prix
écarter Mme Sabaroff. Nina Curson s'empresse
de raconter à qui veut l'entendre les détails de
la liaison de la princesse et de lord Gervase,
détails qui ne laissent pas d'être assez scabreux.

« Tout est possible en Russie, dit Mme Curson, » d'un ton qui permet les plus graves soupçons.

Personne ne comprend, mais tout le monde
veut en savoir plus long que son voisin, en
sorte qu'il s'élève autour de la princesse un
brouillard d'équivoques, rappelant certains
feux de Bengale destinés à cacher le diable sur
la scène. Brandolin voit ce qui en est et s'étonne
de l'intérêt qu'il ressent pour Mme Sabaroff. Les
médisances mises en circulation par Nina Curson
font leur chemin : « Le mal est fait, il germe,

il rampe, il chemine et *rinforzando* de bouche en bouche il va le diable. » Brandolin voit clairement que la princesse traite lord Gervase comme un étranger, bien qu'il n'en soit pas un pour elle, et il en souffre ! Il voudrait provoquer des explications à propos de certains bruits, mais il n'ose. Jusqu'à l'arrivée de lord Gervase, Brandolin avait trouvé le séjour de Surrenden enchanteur; aujourd'hui, le temps lui semble long et pénible; il ne s'ensuit pas qu'il veuille abréger sa visite, en partant pour l'Écosse, l'Allemagne ou la Norvège; c'est pourtant ce que dame Raison lui conseillerait de faire.

La vivacité du sentiment qu'il éprouve pour Xenia Sabaroff le surprend lui-même; il croyait en avoir à jamais fini avec cette passion, qui passe à bon droit pour être le privilège de la jeunesse et de l'imagination.

« N'est-il pas absurde à mon âge, se dit-il, de trouver en moi ce trésor divin? Il est vrai qu'il existe des jeunes gens à n'en pas connaître la valeur et des hommes d'un âge mûr qui en sentent toujours le prix! »

Les calomnies que l'on débite à l'envi sur
le compte de Xenia Sabaroff, le peinent d'autant
plus, qu'il n'a aucun droit à les réfuter. Si,
d'aventure, il se posait en champion de la
princesse, il risquerait de la compromettre
encore plus.

On s'abstient tant qu'on peut de mal parler
d'elle devant lord Usk, car on sait que, pour lui,
l'hospitalité est chose sacrée. Néanmoins, certaines rumeurs étant parvenues aux oreilles
du châtelain, il se dit : « Hein ! Avais-je raison
d'inviter Dorothée à se tenir sur ses gardes avec
les étrangers ? »

Mais autant en emporte le vent, car, du
moment que Dulcie Waverley est au château,
Georges n'a d'yeux et d'oreilles que pour elle ;
il aime à l'entendre répéter qu'il n'eût tenu
qu'à lui d'être un grand homme d'État et de
résoudre en un quart d'heure la question irlan-
daise, s'il eût pris la peine d'y réfléchir. Il aime à
se faire plaindre par son amie ; à force de cajole-
ries, elle a su lui prouver qu'il n'est qu'un seul
médecin à savoir traiter les maladies de foie,

et ce médecin est le sien ; qu'une station ther-
male à lui convenir, et c'est celle où elle se rend
tous les ans. Bref, lady Waverley fait tout ce
qu'elle veut de lord Usk.

Dorothée n'est pas sans s'apercevoir de ce
manège, mais elle ferme les yeux, se disant que
ce serait cent fois pire s'il s'agissait de galanterie soit avec une femme du demi-monde, soit
avec une actrice, soit enfin avec une aventu-
rière américaine. Elle se résigne donc à faire
bonne mine à mauvais jeu. Après tout, qu'importe s'il leur convient de s'empoisonner ensemble en ingurgitant de la potasse, du soufre
et du fer ! C'est la manière moderne de jouer
les rôles d'Antoine et de Cléopâtre.

Si absorbé que soit lord Usk par Dulcie Waverley, il se décide néanmoins à interroger sa
femme sur ce qui se dit et se passe journelle-
ment sous son toit.

« Savez-vous les bruits qui courent sur
eux ? demande-t-il à brûle-pourpoint à Dorothée.

— Qui ça, eux ?

— Parbleu, Mme Sabaroff et Gervase. Vous ne pouviez manquer de les inviter ici.

— Je savais, en effet, qu'ils auraient plaisir à se trouver réunis, mais sans y voir ce que vous croyez, répond Dorothée avec l'aplomb d'une personne qui a la conscience nette et la tranquillité affectée d'une femme qui fait un mensonge.

— Eh bien! sachant cela, vous auriez dû les laisser chacun chez soi.

— Qu'y a-t-il de repréhensible à inviter ensemble un homme et une femme maîtres de leurs destinées, qui éprouvent de la sympathie l'un pour l'autre, mais que le devoir jusque-là obligeait à se fuir? Qu'avez-vous à dire à cela?

— Absolument rien. Je pense toutefois que Brandolin n'est pas de cet avis; avant de faire le jeu, vous auriez dû nous montrer vos cartes.

— Lord Brandolin est certainement d'âge à savoir se conduire lui-même dans les affaires de cœur, et, si on devait croire les bruits qui

courent, il ne pèche pas par défaut d'expérience.
Quel intérêt peut lui inspirer une personne
qu'il n'a vue que quelques jours? L'attachement
de lord Gervase pour Mme Sabaroff a des racines
bien plus profondes ; c'est un vrai roman ; il l'a
aimée sans espoir pendant huit ans.

— Qu'est-ce que vous me chantez là? riposte
lord Usk. En tout cas, la constance de Gervase
a dû avoir de fréquents interrègnes. Si vous
m'aviez prévenu, j'aurais dit à Brandolin de ne
pas s'exposer au piège.

— Au piège? Mais la princesse est pour lui
aussi froide que le marbre. Au surplus, je me
figure que votre ami se consolerait facilement.
Voici comment il procède : il écrit une lettre
courte et bien sentie, part pour un long voyage
et jette ses souvenirs par-dessus bord. Ah ! le
tempérament d'Allan est bien plus sérieux !

— Si par sérieux vous entendez dire égoïste,
d'accord, car sous ce rapport il n'a pas son
pareil sous la calotte des cieux. »

Là-dessus, lord Usk se lève et va se consoler
de ses ennuis près de sa « Dulcinée »; Dulcie

Waverley a mal à la tête, mais son sourire est doux, sa main fraîche, un parfum d'essence de roses s'exhale de ses dentelles; les persiennes, à moitié closes, laissent seulement pénétrer un demi-jour dans la pièce.

Si quelqu'un s'avisait de dire à Dorothée qu'elle vient de jongler avec la vérité, elle se révolterait et répondrait qu'elle a simplement un peu brodé. Ne fallait-il pas prévoir le cas où Gervase épouserait la princesse? A force de tourner et de retourner les choses dans son esprit, elle a fini par croire que sa version est la vraie.

« En admettant, se dit-elle, qu'il ait le cœur brisé, ce n'est en vérité qu'un châtiment mérité. Puisqu'il trouve les Indoues mieux faites que les Européennes, il peut retourner à son harem noir. »

Lady Usk, irritée, nerveuse, dit au laquais qui vient lui annoncer la visite du recteur, de le faire entrer dans la petite bibliothèque, car elle sait que Dulcie Waverley s'est réfugiée là, avec lord Usk, pour oublier sa migraine.

A vrai dire, il était rare que la châtelaine fût assez déraisonnable pour faire de ces petits coups d'État. Mais, en ce moment, la vengeance conjugale lui était douce.

L'infortuné recteur, qui (révérence parler) arrive là comme un chien dans un jeu de quilles, trouve lord Usk impoli et taciturne. Par contre, lady Waverley parle à mots pressés des écoles, des conférences, de l'état sanitaire du pays et des mœurs des villageois. Le recteur, bel et bien fasciné par la douce voix de son interlocutrice, se demande s'il n'a pas eu la berlue, en croyant voir ce qu'il a effectivement vu en entrant dans la bibliothèque.

Dulcie Waverley a, en effet, l'air d'une Agnès, avec sa robe de sainte Mousseline, ses bandeaux plats, son regard pensif et son gracieux sourire ; elle rappelle les portraits d'il y a un demi-siècle. L'essence de rose est encore son parfum favori. Elle sait par expérience que, malgré les changements des modes et des mœurs, rien n'est aussi puissant pour subjuguer le sexe fort que ces charmes féminins empreints à la fois de fai-

blesse et de langueur : charmes qui faisaient
pleurer Othello pendant sa lune de miel à Ve-
nise. Si elle avait parlé franchement, chose
qu'elle ne faisait jamais, Dulcie Waverley aurait
dit que, pour séduire Othello ou un autre, il
faut, sous l'apparence de la faiblesse, être tenace
comme l'aimant et froide comme l'acier. Le
gant de velours et la main de fer ont beau être
un axiome suranné, c'est une vérité qui ne
vieillit pas.

Ce que Gervase a raconté de ses aventures ga-
lantes à Dorothée, lui a singulièrement déplu ;
mais, après mûre réflexion, elle se décide à
rester fidèle à sa ligne de conduite, en feignant
de tout ignorer. C'est du reste un parti pris chez
elle de vouloir croire quand même à la vertu
de ses hôtes, vertu qui a tout l'air d'une fiction,
rappelant celle de la loi, à laquelle on se sou-
met aveuglément, pour se dispenser de la discuter. Dorothée n'admettra jamais dans son
intimité une personne compromise. Y a-t-il la
moindre tache sur l'aile blanche de ses co-
lombes, elle ferme les yeux tant que la chose

ne fait pas scandale. Elle possède cette faculté
précieuse, de ne voir que ce qu'elle veut voir.
En conséquence, elle se remet promptement de
l'impression fâcheuse que lui a faite Gervase.

Pourquoi n'épouserait-il pas Xenia Sabaroff?
Cela arrangerait tout. Si les choses se sont pas-
sées autrement qu'elles n'auraient dû se passer,
cela ne regarde personne. Dorothée tâche de se
persuader que l'attachement d'Allan et de Xenia
était aussi passager qu'innocent. Outre sa
beauté, la princesse possède dans les monts Ourals une mine de bel et bon argent. Lady Usk,
loin d'avoir l'âme cupide, est même douée de
générosité; mais, quand les fortunes anglaises
sont si embarrassées dans le présent et si me-
nacées dans l'avenir, une mine d'argent dans
l'Oural est un recours contre les spoliations des
socialistes.

« Avant qu'il soit longtemps, nous irons tous
nous fixer à l'étranger, » se dit Dorothée, s'imaginant déjà voir celui-ci se chauffer avec les
palmiers de ses serres, et celle-là briser les
faïences de ses laiteries modèles.

A coup sûr, les relations d'Allan et de Xenia Sabaroff n'ont pas toujours été telles qu'elles auraient dû être. Mais la châtelaine n'entend pas s'en préoccuper. Ce qui est passé est passé, mort et enterré. Les gens heureux sont ceux qui comprennent cet axiome et le mettent en pratique.

Dorothée Usk a fait ses débuts dans le monde il y a vingt ans; depuis lors, elle a appris à connaître les replis du cœur humain; souvent on est venu la prier de s'intéresser au bonheur des gens, mais plus souvent encore elle s'en est occupée sans qu'on l'en priât. Elle aime à être traitée par ses amis comme une *diva ex machina*. Bien qu'elle ait positivement refusé de se mêler des affaires de lord Gervase, néanmoins elle voudrait bien savoir quelle est la nature des sentiments qu'il inspire à Xenia Sabaroff. Elle cherche par des moyens détournés à pénétrer ce mystère; après l'avoir envisagé de tous côtés, elle arrangera l'histoire de façon à pouvoir la raconter, au cas où on l'en prierait. Grâce à son habileté, le côté scabreux

restera dans l'ombre; en cela, elle rappelle l'art
avec lequel certains couturiers savent dissimuler les trous des vieilles dentelles qu'ils po-
sent sur une traîne de cour. La gymnastique de
l'esprit plaît à Dorothée; malgré certains détails
qu'elle tient de Gervase lui-même, et dont l'un
est tout au désavantage de ce dernier, elle
aussi saura composer sa narration de façon à
en dissimuler les accrocs.

Au moyen de quelques phrases sur la constance, elle fera de son cousin Allan un héros
de roman. Elle en touche avec délicatesse un ou
deux mots à Xenia Sabaroff; mais la princesse
l'écoute d'une oreille si distraite, que Dorothée
sent qu'elle prêche dans le désert.

« Si du moins cet odieux Brandolin n'était pas
ici ! » pense la châtelaine; en effet, l'empresse-
ment qu'il témoigne à la princesse est signi-
ficatif.

D'une galanterie à la fois dédaigneuse et
romanesque, c'est un rival et un amoureux
qui n'a rien de sérieux.

En entendant Gervase lui raconter l'histoire

de ses bonnes fortunes, Dorothée a été sur le point de chercher un biais pour éloigner Xenia Sabaroff. Or, comme il aurait fallu en même temps congédier tous les hôtes de Surrenden, force lui a été de renoncer à cette idée.

Un bal d'enfants, bal costumé et paré, doit être donné dans une quinzaine de jours au château, pour l'anniversaire du jeune Cecil. La princesse, d'abord hésitante, finit par céder aux instances de lady Usk et de ses enfants, qui l'engagent à prolonger jusque-là son séjour à Surrenden.

Malheureusement, lord Usk, qui fait, au milieu de toutes les combinaisons délicates de Dorothée, l'effet d'un bouledogue dans une boutique de porcelaines, insiste, de son côté, pour retenir Brandolin à Surrenden; la situation continue donc à être la même, bien que les invités aillent et viennent, ceux-ci restant deux ou trois jours, ceux-là un peu plus.

Xenia Sabaroff est une femme qui a déjà trop d'expérience du monde et trop souffert pour être facilement gagnée, ou aisément impressionnée. Elle a conscience de sa valeur personnelle; mais elle sait aussi que sous les dehors de la politesse peuvent se cacher la brutalité et l'inconstance.

« Je ne suis pas encore vieille, dit-elle une fois à Brandolin, et pourtant je n'ai plus d'illusions.

— Quand il y a une gelée blanche au printemps, répond-il, les fleurs des champs en souffrent, mais non à en mourir...

— Dans les champs il peut en être ainsi, répond Xenia d'un air profondément mélancolique.

— Et de même, princesse, dans le cœur humain. »

Brandolin brûle d'envie de parler de Gervase; il voudrait savoir si c'est la brutalité d'un mari ou l'infidélité d'un amant qui a donné à cette femme si jeune encore une si triste idée de l'humanité. Mais il hésite à risquer pareille question, si voilée qu'elle puisse être. Bien qu'il ne connaisse la princesse que depuis peu, il voit clairement que sa nature n'est ni légère, ni frivole, et c'est là son plus grand charme aux yeux de Brandolin.

Malgré ce qu'on dit de lui, la vérité est qu'il tient à trouver chez la femme les qualités les plus rares et les plus exquises. Plus il voit Mme Sabaroff, plus il l'apprécie et se persuade que, malgré les calomnies qui flottent autour de son nom, elle réalise l'idéal qu'il a toujours rêvé.

Au nombre des nouveaux arrivés à Surrenden est un compatriote de la princesse, momentanément chargé d'affaires de la légation russe. Il maudit la chaleur, la poussière, les parcs déserts, les clubs vides. Dès que ses occupations le lui permettent, dare-dare il quitte Londres pour vingt-quatre heures; voilà comment il est venu passer du samedi au lundi à Surrenden.

« Comme un calicot, dit-il, d'un ton piteux; comme un calicot! Voilà les ennuis de la carrière diplomatique! »

Il baise avec ardeur et respect les mains de Mme Sabaroff, qu'il a connue en Russie; il plisse

les yeux d'un air de malice en reconnaissant
lord Gervase. Le lendemain dimanche, lord
Usk et Dulcie Waverley se rendent à l'église
avec les enfants. Lady Usk y va de son côté avec
Nina Curson. Entre temps, Brandolin se réfugie
dans la petite bibliothèque, y prend un volume,
puis s'étend sur un divan ; il espère un peu que
Mme Sabaroff viendra là avant le lunch, comme
elle l'avait fait le dimanche précédent. Il allume
une cigarette et attend, regardant d'un air distrait les paons promener leurs traînes majes-
tueuses sur les pelouses de velours vert. La matinée est délicieuse ; l'air parfumé est encore
humide de rosée. Brandolin se flatte de décider
la princesse à faire un tour de promenade
avec lui.

Il y a tout près de là une allée ombreuse et
solitaire, au bord d'un petit ruisseau rempli de
forget me not.

Il entend un bruit de pas et lève la tête.
Hélas ! ce n'est pas la princesse, mais le secrétaire russe Grégoire Litroff, appelé *Toffi* par
ses *amies.*

« Dieu de Dieu! s'écrie ce dernier en bâillant, quelle institution que le dimanche anglais! De ma fenêtre, j'ai aperçu, il y a une heure, lord Usk coiffé d'un chapeau tuyau de poêle; il se rendait au prêche entre son petit garçon et Dulcie Waverley. Que c'est drôle! à Londres, il ne se permettrait pas cela.

— Est-il plus ridicule d'aller à l'office avec un chapeau à haute forme que de se prosterner devant des reliques, ainsi que vous le faites en Russie? dit Brandolin en regardant son interlocuteur d'un air ennuyé.

— Peut-être, répond Litroff sans se fâcher; nous le faisons par habitude, au point de vue de l'exemple, et non pour poser comme le fait lord Usk.

— Ah! c'est ma foi vrai! répond Brandolin.

— Il prétend sans doute aussi donner lady Waverley comme exemple? reprend Litroff d'un ton gouailleur.

— La religion ne nous ordonne-t-elle pas d'offrir au Seigneur ce que nous possédons de plus précieux? demande lord Brandolin.

— C'est juste, » répond le diplomate en riant
aux éclats.

A ce moment arrive M. Wootton, qui, après
avoir quitté Surrenden, y est revenu passer
quelques jours. Il est sur sa bouche, et le cui-
sinier de lord Usk est un artiste consommé.
Brandolin voit ses espérances de promenade en
tête à tête avec la princesse se dissiper comme
un brouillard rose. M. Wootton tient à la main
une liasse de télégrammes et de papiers.

« De tous côtés les nouvelles sont déplo-
rables, dit-il.

— Rien n'est plus pénible que de mourir
ainsi à petit feu, reprend Brandolin. Quel grand
soulagement quand la crise sera passée, Wind-
sor brûlé, Londres pillé, l'Irlande réunie aux
États-Unis et que M. et Mme Gladstone seront
couronnés à Westminster ! »

M. Wootton tousse; à ses yeux, c'est passer
les bornes de la plaisanterie; puis il lui déplaît qu'on ne prenne pas ses informations au
sérieux.

S'adressant à Litroff, il parle de la politique

russe et amène la conversation sur Xenia Sabaroff. Brandolin, à demi couché sur un divan,
semblait absorbé dans sa lecture ; mais, en réalité, il se demandait dans quelle partie du jardin il aurait le plus de chance de rencontrer la
princesse. Soudain, et à son grand déplaisir, il
entend prononcer le nom de Mme Sabaroff.

« Eh bien ! en cause-t-on encore ? demandait
M. Wootton, tout en cherchant un livre dans
les rayons de la bibliothèque.

— C'est une bien charmante femme, n'est-il
pas vrai ? répondit Litroff d'un air malin.

— Mon cher comte, reprit Wootton, nous
avons en Angleterre des milliers d'excellentes
mères de famille et d'épouses modèles, devant
lesquelles Satan serait forcé de s'incliner.

— Voilà qui m'est parfaitement égal, réplique
Litroff.

— On a calomnié Mme Sabaroff, n'est-il pas
vrai ? demande Wootton avec insistance.

— Ah ! ce Paul Sabaroff était un animal si
brutal, qu'il était bien naturel que sa femme...

— Quoi donc ?

— Qu'elle se consolât, parbleu !

— Ah vraiment ! elle se consolait ?

— Demandez plutôt à Gervase, alors lord Beard; tout le monde était convaincu qu'il l'épouserait après la mort du prince.

— Tiens! mais c'est pourtant avec Lustoff qu'il s'est battu, et cela à propos de sa femme.

— Erreur! malgré ce que l'on a pu dire, c'était une affaire de jeu et non une affaire de femme. Lord Beard (Gervase) était, j'en suis convaincu, son premier amant, et le seul probablement. »

Brandolin jette son livre à terre avec violence; ce mouvement d'impatience n'échappe pas à Wootton.

« Personne que je sache, reprend Litroff, n'a jugé la princesse à la rigueur. Sans protecteur, au milieu d'une société dépravée, Mme Sabaroff ne comptait alors que seize à dix-sept printemps. Gervase a fait un siège en règle.

— Là où les bons principes n'ont pas été enracinés de bonne heure..., dit Wootton.

— Mon cher monsieur, reprend Litroff, ce

genre de principes est plus facile à faire grainer chez les femmes laides que chez les belles. La fierté de Mme Sabaroff, croyez-moi, équivaut à des principes. Après avoir vécu comme une sainte jusqu'à la mort de son mari, si elle se laisse faire la cour aujourd'hui, c'est à coup sûr pour le bon motif. En tous cas, je ne vois pas pourquoi on se montrerait si implacable pour le passé de cette belle jeune femme, quand le présent nous offre un spectacle aussi édifiant que celui de lord Usk assistant à l'office entre lady Usk et Dulcie Waverley. »

Là-dessus, Litroff prend un numéro du *Figaro*, le parcourt, et fait ainsi comprendre à Wootton qu'il n'entend pas continuer la conversation. C'est là première fois de sa vie que le critique se voit traité de la sorte.

XI

Brandolin sort par la porte vitrée de la bibliothèque qui ouvre sur le jardin; d'un pas accéléré, il arpente les allées remplies d'ombre, où il a aperçu plusieurs fois la princesse se promener le matin. Le temps est radieux. L'air est rempli du suave parfum d'innombrables roses. La mer, distante d'une douzaine de kilomètres, envoie jusque-là ses brises salines. Le yacht de Brandolin attend au mouillage; la raison lui conseillerait de l'aller rejoindre au plus vite et de repartir pour un lointain voyage, afin de faire prendre à ses imaginations un

14

autre cours. Il a conscience que Xenia Sabaroff
produit sur lui la plus vive impression. Si les
bruits qui courent sont fondés, il craint de
devenir l'esclave de la princesse. Peut-être,
après tout, est-elle une de ces charmeuses dont
Marie Stuart est le type achevé, une de ces
femmes qui brûlent, tout en étant de glace;
l'éternel féminin, en un mot, avec toutes ses
séductions et tous ses dangers.

Brandolin ne se sent aucune disposition pour
le rôle de Chastelard, de Douglas ou de Darnley.
Ce qu'on a raconté l'intrigue et le préoccupe
singulièrement. Depuis l'arrivée de Gervase,
on a répété les mêmes propos mainte et mainte
fois, plus ou moins ouvertement. Il les a
bel et bien entendus; les paroles très nettes
de Litroff ont donné à ces rumeurs une sorte
de vraisemblance, car il n'a évidemment rien
contre la princesse; il n'en parle qu'à son
corps défendant, et même avec admiration.
Son impartialité donne donc plus de poids
à ses paroles que n'en peuvent avoir des médisances de parti pris; Brandolin tremble qu'il

n'y ait un fond de vérité dans les méchancetés qu'on colporte sur Mme Sabaroff. A ses yeux, c'est une reine, une déesse de l'Olympe, et il la pare de qualités idéales.

Brandolin marche d'un pas rapide, sans savoir où il va; il entre dans la futaie; devant lui s'étendent des allées où sont ménagés des bancs de gazon. Tout à coup ses jambes flageolent, le sang afflue dans ses artères. Xenia Sabaroff lui apparaît assise, lisant dans le silence des bois déserts. Les chiens de Surrenden sont couchés à ses pieds.

« Je vous demande pardon, princesse, » dit-il à mi-voix et d'un air interdit.

Elle lève les yeux, regarde et semble surprise du ton cérémonieux de lord Brandolin.

« Pourquoi me demandez-vous pardon? je n'ai pas le monopole de la futaie, répond-elle en souriant. J'ai promis aux enfants de surveiller leurs chiens pendant l'office.

— Vous êtes trop bonne pour les enfants, princesse. »

Mme Sabaroff s'aperçoit que Brandolin a

perdu l'aisance de ses manières, le naturel de son langage, la franchise de son regard.

« A coup sûr, il vient d'apprendre quelque mauvaise nouvelle, » pense-t-elle sans rien dire.

De son côté, Brandolin, immobile, donnerait tout au monde pour savoir ce qu'il y a de vrai ou de faux dans les calomnies qu'on colporte sur le compte de la princesse. Il est tenté de lui demander à brûle-pourpoint ce qui en est ; mais il y a si peu de temps qu'il la connaît, et son respect pour l'atticisme est trop grand pour se permettre une question aussi brutale.

Un rayon de soleil, tombé entre les arbres, illumine d'un trait oblique les mains gantées et le collier de perles que porte la princesse.

« Comme lord Brandolin est étrange aujourd'hui ! se dit-elle. Il a perdu son éloquence personnelle, son abandon aimable, sa voix respectueuse et caressante. »

Soudain, on aperçoit des masses blanches qui circulent entre les arbres et arrivent par groupes.

Lord Usk et ses invités reviennent de l'église, les chiens dressent les oreilles, remuent la queue, aboient en signe de joie. Baby ouvre la marche.

« Adieu, paniers! vendanges sont faites! » se dit Brandolin, furieux de voir son tête-à-tête avec la princesse si subitement interrompu; à vrai dire, il ne savait pas encore quel langage il aurait tenu.

« Ils ne se quittent plus! murmure lady Waverley à lord Usk, dès qu'elle aperçoit la princesse et Brandolin. C'est lui qui va prendre la succession de lord Gervase, hein?

— Que diantre voulez-vous que j'en sache? riposta le châtelain. Dorothée affirme qu'il n'y a rien entre son amie et Gervase, ou du moins que « c'est en tout bien tout honneur », comme disent les Français.

— Naturellement, » répond Dulcie, dont les yeux langoureux cherchent à pénétrer les profondeurs d'une allée de mélèzes, où l'on aperçoit lord Brandolin et la princesse.

Les enfants courent de ce côté.

« Où donc peut être Allan? » se dit Dorothée, vexée d'apercevoir là Brandolin.

Gervase, qui n'aime pas à voir lever l'aurore, a l'habitude de rester dans son lit jusqu'à midi ; on se rappelle que le dimanche anglais lui inspire une sainte horreur ; bien qu'à Surrenden on s'efforce de faire en sorte qu'il ressemble à un autre jour de la semaine, il ne s'en dégage pas moins une odeur de dimanche.

« Voilà donc le christianisme dans toute sa pureté primitive! dit Brandolin, en caressant la plume blanche qui orne le chapeau supercoquentieux de Dodo.

— Comme d'ordinaire, nous avons tous dormi pendant l'office, s'écrie celle-ci ; à mon sens, on ferait tout aussi bien de rester à dormir chez soi.

— Ah! ma chérie, quelle idée! » riposte Dulcie Waverley, d'un ton scandalisé.

Le Baby, vrai type d'enfant terrible, reprend à son tour :

« Lady Waverley n'a pas dormi ; je l'ai vue

qui montrait dans son livre un mot d'écrit à papa. »

Personne n'a l'air d'avoir entendu, sauf sa grande sœur, qui éclate de rire.

« J'essayais de me remémorer l'hymne de Faber, réplique lady Waverley, qu'on ne prend jamais sans vert. Il est regrettable que les nouvelles sectes interdisent de la chanter dans les églises protestantes. Le sentiment religieux est tellement refroidi maintenant en Angleterre ! fit-elle avec un bruyant soupir.

— Que voulez-vous ! c'est la conséquence des idées du jour, reprend lord Usk en poussant un soupir qui fait écho à celui de lady Waverley.

— J'entends que l'on parle de Faber, dit la princesse à Brandolin. Il n'a rien écrit de plus beau que ses vers sur la douleur. »

Alors, d'une voix grave et mélodieuse, elle récite quelques stances de ce poète.

Le regard que Brandolin tient attaché sur elle l'étonne et la déconcerte. Lui-même, en entendant la musique de cette voix bien timbrée, se sent troublé jusqu'au fond de son être. Les anges crieraient aux quatre vents du ciel des médisances sur Mme Sabaroff, qu'il ne les croirait pas.

« Où donc étiez-vous tous, ce matin ? demande, après le lunch, la châtelaine à lord Gervase.

— Comme vous savez, ma cousine, j'aime à faire grasse matinée.

— Ah ! en revenant de l'église, nous avons aperçu Brandolin et Mme Sabaroff dans la sombre allée des mélèzes. Ils avaient l'air d'être au début ou à la fin d'une querelle : querelle d'amoureux, bien entendu.

— Bah ! soyez sûre qu'il s'agissait seulement de quelque poète. Entre eux, il n'est jamais question que de poésie.

— C'est un thème dangereux. Qui sait même si elle ne lui a pas montré vos lettres, lesquelles, à vous en croire, seraient portées par elle comme des reliques ?

— A Dieu ne plaise que je me targue d'une pareille chose !

— Si fait. Vous vous imaginiez qu'elle passait ses jours et ses nuits à pleurer sur votre correspondance. Or, au lieu d'une inconsolable, vous avez trouvé une femme parfaitement consolée.

— C'est vrai; soyez sûre, ma cousine, que, si Didon eût été habillée par Worth, si elle eût eu des diamants gros comme des œufs de pluvier, si enfin elle eût été courtisée par lord Brandolin, il est probable qu'elle ne serait pas morte de désespoir. Autres temps, autres mœurs! »

Le ton d'Allan témoigne d'un extrême ennui; une rougeur subite couvre son beau visage. Dorothée le regarde droit dans les yeux; elle est la première surprise qu'il perde ainsi son sang-froid.

« Vous êtes, par exception, aujourd'hui d'une trop grande modestie, répond-elle. A notre époque, si Énée ne revient pas, eh bien! nous nous consolons avec un autre, voire même parfois quand il revient. »

Gervase continue à garder le silence.

« C'est la première fois, mon cousin, que je

vous vois donner des coups d'épée dans l'eau, poursuit-elle.

— Hélas ! j'ai vainement cherché à rentrer en grâce auprès de la princesse.

— Je vous aurais cru plus habile ! réplique-t-elle d'un ton acerbe.

— De bonne foi, je dois avouer que je n'exerce aucun empire sur elle.

— C'est une triste confession, mon cousin ; je croyais que vous n'aviez jamais rencontré de cruelles ; votre échec près d'une femme qui vous a aimé jadis me surprend au delà de tout.

— Ce n'est pas facile de rallumer le feu quand il est couvert de cendres, ma cousine.

— Oui, si les cendres sont tout à fait froides ; mais s'il reste une seule étincelle, le feu reprend aisément. »

Gervase ne dit mot. L'indifférence apparente d'une personne qu'il croyait entichée de lui, l'humilie au dernier point. Il se persuadait que son nom devait rester écrit en lettres indélébiles dans le cœur des femmes.

« Qui sait si elle ne désire pas épouser Brandolin? suggère Dorothée.

— Peuh! dit Gervase.

— Pourquoi peuh? demande Dorothée. Ce n'est pas lui, à coup sûr, qui m'aurait touché le cœur; il déteste le mariage; son sérail de négresses à Saint-Hubert serait aussi difficile à nettoyer que les écuries d'Augias. La chère belle ne se doute pas de ce qui en est. Il lui aura dit qu'il considère le mariage comme l'entrée du paradis. C'est une affirmation qui ne coûte rien aux hommes. Depuis qu'elle a quitté sa retraite, Xenia a refusé je ne sais combien de partis. Au dire de Georges, Brandolin en est fou.

— Quelle absurdité! s'écrie lord Gervase.

— Ta, ta, ta. Il a fait tourner la tête à nombre de femmes. Je ne comprends pas ses succès près d'elles, mais il en est plus d'une à le déclarer irrésistible.

— Les négresses, probablement! réplique Gervase.

— Non pas; mais bien nos propres compatriotes. Par exemple, lady Marie Jardine est morte d'amour pour lui.

— A quoi bon, miséricorde, dérouler la liste de ses victimes ! »

Allan est décidément jaloux de Brandolin ; alors qu'il n'avait qu'à étendre le bras pour donner une poignée de main à Xenia Sabaroff, il n'a pas songé à faire envers elle cet acte de courtoisie. C'est seulement en découvrant qu'elle est courtisée par d'autres hommes, et que l'un d'eux avait quelque chance de l'épouser, qu'il s'est repris de passion pour elle, et s'est aperçu qu'elle est indispensable au bonheur de sa vie. Ayant toujours été l'enfant gâté de dame Fortune et, qui plus est, des grandes dames, il ne peut supporter que ses désirs soient contrecarrés.

« Je suis sûre que, si Brandolin se doutait que vous êtes le premier en date dans le cœur de la princesse, il se retirerait devant vous, en vous laissant le champ libre. Malgré son air d'insouciance, c'est un homme au caractère noble et à l'esprit droit. »

Lord Gervase, qui arpentait le salon de long
en large, soudain, s'arrêtant net devant sa cousine, reprend :

« Que voulez-vous dire, je vous prie?

— Rien de plus que ce que je dis. Mais si
vous avez vraiment le désir de supplanter Brandolin, éclairez-le sur la situation.

— Comme je reconnais bien là l'esprit féminin. Juste ciel! Quelle idée aurait de moi mon
rival!

— Mon cher Allan, quand un homme se
vante de s'être conduit comme vous l'avez fait
à l'égard de la princesse, il est trop tard, je
crois, pour qu'elle puisse avoir une haute idée
de son caractère.

— Vous ne me comprenez pas, ma cousine.

— Est-on d'un autre avis que celui qui parle,
il déclare qu'on ne le comprend pas; parta-
geons-nous ses vues, il se récrie sur notre
finesse, sur notre pénétration, sur notre saga-
cité! »

Gervase n'entend pas ce qui précède, car ses
pensées sont ailleurs. Il se rappelle Xenia

Sabaroff telle qu'il l'a vue pour la première fois, dans une serre de palmiers au Palais d'Hiver. Elle était alors toute jeune, embarrassée plutôt qu'heureuse de l'admiration qu'elle excitait et des hommages qu'elle recevait. La brutalité de son mari et les railleries de ses amis ne laissaient pas de l'énerver. Mais il y avait longtemps, très longtemps de cela.

Xenia Sabaroff est aujourd'hui parfaitement maîtresse de ses émotions, en admettant toutefois qu'elle en éprouve. Gervase se demande si la princesse conserve un doux souvenir du passé, ou s'il ne lui inspire nul regret. Si vaniteux que soit Allan, sa vanité en cette circonstance ne lui donne pas confiance.

Le lendemain, dans l'après-midi, la chaleur est suffocante. Les enfants apprennent leurs leçons dans la salle d'étude. La gouvernante allemande chargée de la police dans ce temple de l'intelligence est profondément endormie, les mouches volent çà et là sur ses blonds cheveux. Ses lunettes bleues sont remontées sur son front. Dodo a profité de la circonstance

pour aller se mettre à la fenêtre. De son côté,
sa sœur fait une caricature de l'institutrice.
Baby a trouvé le moyen de mettre la main sur
son polichinelle mécanique, qu'il a fait entrer
en contrebande dans son pupitre, et qui lui est
bien plus cher que ses livres rudimentaires.
Dodo, les doigts passés dans son opulente chevelure blonde, se penche par la fenêtre en
tendant le cou à se le disloquer. Elle cherche à
voir ce qui se passe du côté des écuries.

« Malheur! se dit-elle. Pendant que je suis
condamnée à m'ennuyer ici, on organise une
promenade à cheval. Ah! qu'il faut de temps
pour grandir!

— Qui donc monte à cheval aujourd'hui?
demande Lili à sa sœur.

— *Des quantités de monde,* répond Dodo,
qui parle quatre langues incorrectement, et la
sienne encore plus que les autres. Maman
monte Poivre; lady Waverley, Bo-Peep; malheureusement les branches de lierre me gênent
pour bien voir. La princesse monte Satan; elle
seule, du reste, peut le maintenir. Lord Bran-

dolin l'a aidée à se mettre en selle; maintenant il caracole près d'elle. Tout le monde est parti, à l'exception de lady Waverley et de papa, qui s'assure une fois encore si Bo-Peep est bien sanglé. »

Là-dessus, Dodo pouffe de rire, tout en entendant résonner les sabots des chevaux sur le gravier de l'avenue. Puis elle s'écrie :

« Faut-il n'être pas plus vieille ! »

Le soleil verse à flots son or liquide sur les feuilles de lierre. L'air est chaud et parfumé. Il fait le plus beau temps du monde. La douce odeur qui arrive aux narines de Dodo excite encore plus ses regrets d'être enfermée entre quatre murs. Ce n'est pas certes qu'elle aime la nature, mais bien la vie, la gaieté, le mouvement, le bruit. Il lui tarde de montrer sa jolie taille en habit de cheval et de recevoir les compliments des amis de son père. De loin, à travers les branches des arbres, elle distingue la silhouette noire de Satan.

« Décidément, lord Brandolin l'adore, dit Dodo.

— Qui ça? riposte Lili.

— Xenia? répond Dodo, très fière d'appeler la princesse par son petit nom; prenez garde que *Mademoiselle* ne s'éveille et n'aperçoive sa caricature.

— Ça m'est bien égal! s'écrie Lili en jetant en l'air son petit soulier mordoré. Dites-moi, pensez-vous qu'elle épouse lord Brandolin?

— *Mademoiselle?*

— Quelle bêtise! »

Là-dessus les deux sœurs rient de bon cœur.

« Vous disiez tout à l'heure que lord Brandolin adore Xenia Sabaroff. Eh bien! alors pourquoi ne s'épouseraient-ils pas?

— On peut s'aimer sans s'épouser.

— Qu'est-ce qui arrive alors?

— Tiens! Mais on se marie à un autre et on a des adorateurs. C'est ce que je compte faire, moi.

— Pour mon compte, je préfère ne pas me marier.

— Bah! on finit toujours par sauter le fossé;

15

reste à savoir si tout le monde s'en trouve
bien. »

La gouvernante française, qui a entendu en
entrant cette dernière phrase, dit à son tour :

« Et l'amour, mesdemoiselles, où donc
placez-vous l'amour?

— Nous ne sommes pas des bourgeoises ! »
répond Dodo d'un air de suprême dédain.

Le petit frère, à cheval sur une chaise, essaye
de raccommoder son polichinelle mécanique
qui, avant d'être cassé, criait et battait sa
femme exactement comme dans la nature.

L'enfant réfléchit sur ce qu'il vient d'entendre
dire. Il adore la princesse, aime Brandolin,
voudrait les voir vivre ensemble, aller chez eux
sans ses sœurs qui l'ennuient, et surtout sans
Boum qui l'obsède. Alors, dans sa petite cer-
velle en ébullition, surgit le projet de pousser la
machine, comme dit la gouvernante allemande.
Baby a la plus haute idée de ses ressources
intellectuelles; de même que sa mère, il aime à
s'ingérer dans les affaires d'autrui, persuadé
que, si on lui laissait la direction d'une foule

de choses, elles en iraient beaucoup mieux. Il
a brisé son polichinelle en cherchant à lui faire
dire plus de mots qu'il n'en pouvait prononcer ;
mais ce léger accident n'ébranle pas la confiance de l'enfant dans ses propres ressources.
Il en est de même de l'homme d'État qui, après
avoir entraîné au bord de l'abîme un pays
grand et prospère, reste néanmoins convaincu
qu'il est seul à pouvoir régler les destinées de
l'empire.

Comme M. Gladstone, Baby se croit infail-
lible ; ainsi que l'astucieux diplomate, il veut
saisir l'occasion aux cheveux. Le jeune Cecil,
vivant au milieu des femmes, a l'intelligence
très ouverte pour son âge.

Lord Brandolin et Mme Sabaroff ne sont plus
les mêmes vis-à-vis l'un de l'autre ; on ne les
voit jamais se promener ensemble ; c'en est fait
de leurs aimables discussions sur les poètes,
les philosophes et les folies humaines. Ils ne
sauraient expliquer d'où cela vient ; puis la
présence de Gervase leur fait l'effet d'une
douche d'eau glacée. Sur l'esprit de la prin-

cesse pèse le fardeau du souvenir, sur l'esprit
de Brandolin celui du soupçon ! Ce sentiment
l'humilie et le rend très malheureux.

Un beau matin, Baby décide enfin sa belle
amie à descendre avec lui dans le jardin ; c'est
une république florale où le chou a pour voisin
le gloxinia ; l'enfant trouve un vrai plaisir à
arracher les plantes, pour se rendre compte si
elles poussent. Le jeune horticulteur a pour
habitude de bêcher avec acharnement pendant
dix minutes. Puis, essoufflé, rouge comme une
pivoine, il appelle les aide-jardiniers, en leur
ordonnant de continuer la besogne commencée.
L'enfant reste néanmoins convaincu qu'il est
le créateur de son jardin, comme M. Grévy
s'imagine être le personnage le plus influent
de la République française. En voyant l'incohé-
rence de ce jardinet, Mme Sabaroff se permet
de dire :

« Ce serait mieux, mon chéri, s'il y régnait
un peu plus de symétrie.

— C'est leur faute, répond Cecil, s'en prenant aux aide-jardiniers, exactement comme

M. Grévy s'en prendrait en cas de désordre à MM. Clémenceau, Rochefort ou de Mun.

— Mon cher Baby, vous ressemblez à un chef de gouvernement qui rejette sur les autres les fautes qu'il commet. Depuis quand, s'il vous plaît, est-il de mode de planter les soleils la tête en bas? dit Brandolin, qui est parvenu à rejoindre Mme Sabaroff et son jeune ami.

— Tiens ! mais je voulais savoir si les racines se tourneraient aussi du côté du soleil, réplique Baby.

— Vous réussirez simplement à faire mourir l'hélianthe. Vous seriez un second Newton, si vous n'étiez prédestiné à être à la fois un beau Brummel et un Joseph Paxton. »

Bien qu'ayant trouvé l'occasion qu'il cherchait, Cecil, qui n'aime pas qu'on se moque de lui devant la princesse, est fort ennuyé. Il se dit que bientôt ses amis l'auront oublié, lui et son jardin.

Depuis que Brandolin est là, la princesse ne souffle mot. Il est midi; la plupart des invités sont encore dans leur chambre, l'atmosphère

est calme, le soleil brille ; une grive sautille
sur un jasmin, on n'entend que le *déferler*
monotone du balai des jardiniers au delà d'une
haie de lauriers.

Le gamin voit que c'est le moment de frapper
un coup décisif. Il cueille la plus belle rose de
son jardin et l'offre à Mme Sabaroff. Celle-ci
l'accepte avec reconnaissance, quoique la fleur
soit rongée par les vers. La princesse la met à
son corsage, Brandolin suit des yeux le geste
de Mme Sabaroff.

L'enfant prend l'expression d'un petit ché-
rubin naïf, en les observant alternativement
l'un et l'autre.

« Princesse, dit-il, quand vous épouserez lord
Brandolin, je vous supplie de me laisser porter
votre traîne ; j'ai toujours porté celle de mes
amies le jour de leur mariage. Mon beau costume de page, du temps de Louis XV ou de
Louis XVI, habit de velours, chapeau à plumes
avec cocarde et l'épée au côté, me va fort bien.

— Ah ! quel odieux petit fat vous serez plus
tard, reprend Xenia en rougissant.

—Qu'est-ce que c'est qu'un fat? Vous voudrez bien me laisser porter votre traîne, dites? Il ne faut pas vous marier l'été, parce que mon costume serait trop chaud, et il ne saurait être aussi joli, fait en étoffe légère.

— Me permettez-vous, princesse, d'ajouter ma prière à la sienne? murmure Brandolin. Puis-je espérer qu'à la fin de l'automne...

— Vous plaisantez de même que cet enfant plaisante, dit-elle en continuant de marcher.

— Je vous jure que je parle très sérieusement. »

Cecil les regarde un instant, puis se met à courir après les papillons. Ayant été élevé dans une atmosphère de poudre de riz et de lait d'iris, il a appris de bonne heure à être discret.

XII

« Baby est plus habile courtisan qu'il n'est bon
jardinier, » dit Xenia Sabaroff en ôtant déli-
catement une chenille verte de la rose que
l'enfant vient de lui offrir.

Bien que la princesse parle sur le ton de l'indifférence, sa voix trahit l'émotion. Brandolin,
qui pâlit à vue d'œil, attache sur elle un regard
passionné.

— Je parle très sérieusement, princesse, et
je ne demande qu'à vous consacrer le meilleur
de mon âme et de mes pensées.

— C'est dire beaucoup, » reprit Xenia aussi surprise que troublée.

Elle ne s'attendait pas à pareille ouverture.

« Nombre d'hommes, madame, ont dû vous tenir le même langage, ayant tous sans doute plus de titres que moi à être entendus. Parlez, de grâce.

— Savez-vous, finit-elle par répondre, savez-vous qu'il est des gens à croire que lord Gervase, après avoir eu une grande passion pour moi, m'a complètement délaissée?

— Je ne supporterais pas qu'on dît pareille chose en ma présence, reprend Brandolin d'une voix ferme, mais le visage altéré.

— Persistez-vous à m'offrir votre nom en dépit de ces médisances?

— Oui, princesse. »

Le cerveau de Brandolin bourdonnait; son cœur palpitait si extraordinairement, qu'il avait peine à respirer; après ce moment de trouble, un sentiment de confiance absolue en la femme qu'il aime soulève son âme, comme une vague de la mer soutient au-dessus des flots l'homme qui se noie.

« Vous ne me direz que ce que vous voudrez, madame, reprend-il d'une voix plus assurée. J'ai foi en vous ; s'il en était autrement, je ne vous offrirais pas mon nom.

— Mais vous me connaissez si peu !

— Je vous aime, » dit Brandolin, en baisant respectueusement la main de la princesse.

Elle, qui se croyait pour toujours inaccessible à l'émotion, sent les larmes lui venir aux yeux.

« La noblesse de vos sentiments me touche profondément, » dit-elle avec conviction.

Le Baby, caché derrière une haie de lauriers, ne contient plus son impatience et accourt vers eux, sans s'inquiéter de savoir s'il est désiré ou non. Il s'écrie tout palpitant :

« Dodo prétend, princesse, qu'on n'épouse jamais l'homme que l'on aime. Mais elle se trompe, dites ? Vous me permettrez de porter votre traîne ?

— Chut, mon amour ! répond Xenia Sabaroff, en posant sa main sur l'épaule de l'enfant.

— Je vous demande le temps de la réflexion, lord Brandolin, » dit la princesse, tout en se dirigeant vers la maison.

L'enfant marche silencieusement à côté d'elle. Sa petite vanité est blessée d'avoir fait un pas de clerc et de sentir qu'il est des choses auxquelles il ne comprend encore rien.

« N'êtes-vous pas fâchée, princesse? lui demande-t-il.

— Fâchée contre vous? Non, cher enfant, non; mais contre moi-même... C'est une querelle toute personnelle et qui remonte à des années. »

Le Baby ne réplique rien; si Mme Sabaroff a mis à son corsage la rose qu'il lui a offerte, il devine que ce n'est pas lui, malgré cela, qui occupe la première place dans les pensées de la princesse.

Brandolin ne cherche pas à suivre Mme Sabaroff, il la laisse à ses rêveries et à ses réflexions.

De son côté, il prend une allée sombre et so-

litaire. Il se dit qu'il vient peut-être de com-
mettre une inconséquence irréparable, en confiant son avenir à une femme qu'il connaît si
peu et dont la réputation éveille les soupçons.
Toutefois lord Brandolin ne se repent pas de
ce qu'il a dit et ne revoit plus la princesse
avant l'heure du dîner ; elle se dispense d'assister au *five o'clock tea*. Ce jour-là il y a grand
gala au château. On a invité le ban et l'arrière-
ban. Lord Brandolin se voit dans l'obligation
d'offrir son bras à la femme d'un officier supérieur. Elle trouve son cavalier fort au-dessous
de sa réputation ; de sa place, Brandolin ne
peut voir Xenia Sabaroff ; il ne dérage pas
depuis le potage jusqu'au dessert et ne mange
que du bout des lèvres. Les quelques mots qu'il
prononce sont des paradoxes si surprenants,
que sa voisine s'étonne qu'on ne l'ait pas encore enfermé dans une maison d'aliénés ; la loi
sur l'incarcération des fous est évidemment trop
restrictive ; les bruits qui courent sur le harem
noir de Saint-Hubert sont fondés, à coup sûr.

Après dîner, Brandolin s'empresse de se rap-

procher de la dame de ses pensées ; il s'efforce
en vain de lire sur la physionomie de la princesse quelle réponse il en recevra ; elle évite
son regard. Comme toujours, les hommes font
cercle autour de la belle Moscovite. La soirée
paraît intolérablement longue à Brandolin ; les
invités de Surrenden s'amusent, au contraire, à
qui mieux mieux. Nina Curson, lady Dawlish et
quelques petits jeunes gens jouent une opérette en brûlant les planches, comme on dit au
théâtre. Après cela, vient le tour de la danse ;
chacun montre autant de gaieté que d'entrain,
à l'exception de lord Brandolin, qui reste absorbé en lui-même, dans l'embrasure d'une
fenêtre.

Gervase est fort empressé près de la princesse, et saisit toutes les occasions de lui faire
la cour. Brandolin, malgré sa résolution de ne
pas laisser l'ombre d'un doute entrer dans son
âme, reconnaît cependant que les médisances
débitées sur le compte de Mme Sabaroff, que
les allusions de Litroff par exemple, pèsent sur
lui comme un cauchemar. Hélas ! l'homme est

le maître de ses actes, mais non de ses pensées.

« Je ne lui demanderai jamais d'explications sur le passé, se dit-il, et je l'épouserais dès demain si elle le voulait; mais le voudra-t-elle? »

Il sait que son genre d'esprit plaît à la princesse; or ce n'est pas assez, car de la sympathie à l'amour la distance est grande!

Hélas! il est sûr que, s'il ne l'aimait aussi passionnément, il serait plus confiant.

Le cotillon, qui touche à sa fin, entraîne danseurs et danseuses dans un tourbillon vertigineux.

La princesse, qui ne danse jamais, laisse tomber son éventail. Brandolin se précipite pour le relever; il est le premier à s'en saisir et à le lui rendre.

« Soyez demain dans la petite bibliothèque à onze heures, » dit-elle à Brandolin.

« Me traiterez-vous toujours comme on traite un étranger? dit Gervase à la princesse pendant la soirée.

— Vous n'êtes pas autre chose pour moi, »

réplique Xenia Sabaroff, en le regardant droit
en face.

Le rouge monte au visage de son interlocuteur.

« Parce que j'ai hérité le titre de mon père,
vous semblez douter de mon identité, » reprend-il d'un ton irrité.

La princesse reste silencieuse ; elle examine
les plumes d'autruche de son éventail ; encou-
ragé par le mutisme de Mme Sabaroff, Gervase
reprend :

« Étranger ! quel mot cruel pour remplacer
celui d'ami !

— Quand l'oubli, mylord, a chassé le souvenir, c'est pire, voyez-vous, que de ne s'être
jamais connu ; l'avenir peut réserver aux étrangers une occasion de se lier d'amitié ; mais, dès
que l'oubli, d'une part, et le mépris, d'autre part,
ont disjoint une ancienne amitié, il est aussi
impossible de la faire revivre que de ressusciter
un mort.

— Si Mme Sabaroff, murmure-t-il, ne se souvient pas du passé, elle est la seule personne à
l'avoir oublié.

— Je me demande réellement si votre inso-
lence est préméditée, ou si votre duplicité est
inconsciente? Mais vous êtes peut-être à la fois
impertinent et pervers.

— Non, je ne suis ni l'un ni l'autre, mais un
homme qui maudit son sort.

— Qui regrette ses actes, vous voulez dire;
c'est une chose qui se voit rarement.

— Le passé m'inspire autant de remords que
de regrets, et, si vous m'y autorisez, princesse,
je ne demande qu'à l'expier.

— Vous permettre de l'expier? On dirait que
vous me devez une réparation; à vrai dire, c'est
moi qui vous dois de la reconnaissance. Votre oubli momentané m'a rendu un service immense.

— Vous êtes désespérante. Il fut un temps où
j'ai connu la princesse Sabaroff moins cruelle
et moins sceptique.

—Celle que vous avez connue était une enfant:
celle-là est morte, aussi réellement morte que
si elle était engloutie sous les glaces de la
Baltique. Chassez-la de votre esprit. Vous êtes
incapable de la ranimer. »

Là-dessus, la princesse se lève et quitte la salle de bal pour se rendre directement dans sa chambre.

Brandolin s'est retiré dans la sienne avant la fin du cotillon. Il dort peu cette nuit-là ; sa pensée reste suspendue entre le rêve et la veille ; il redoute et désire à la fois l'épreuve qui l'attend. Il est amoureux fou, mais ce sentiment est chez lui plus pur et plus noble que cette passion ne l'est souvent. Brandolin a par-dessus tout le respect de son nom ; il se demande si la femme à qui il l'a offert, est digne de le porter. Les heures ont pour lui une pesanteur de plomb.

Rien ne trouble durant cette matinée la tranquillité du château ; comme il arrive souvent aux choses improvisées, le cotillon n'a fini que lorsque les rayons du soleil avaient déjà été absorbés par la rosée du matin. Le cœur de Brandolin bat avec violence. Nerveux, surexcité, impatient comme un jeune homme de seize ans qui se rend à son premier rendez-vous d'amour, il entre dans la petite bibliothèque

bien avant l'heure. Là, tout lui rappelle la
princesse : quand il pleuvait, il y restaient
à causer; voilà son fauteuil préféré; le volume
qu'elle lisait hier; est-il possible qu'il y ait
seulement dix jours qu'il l'ait vue pour la
première fois! Ces dix jours lui semblent dix
siècles. L'air est léger et doux; il tombe une
petite pluie fine; les branches de jasmin
mouillé balayent les vitres des fenêtres. Lord
Brandolin ne sait comment maîtriser son trouble. Lorsque frappe le premier coup de onze
heures, la princesse paraît; la pâleur est ré-
pandue sur son visage; elle est vêtue d'une
robe du matin en peluche blanche, dont la
traîne laisse derrière elle comme un sillage
argenté. Il veut lui baiser la main, mais elle
la retire en disant :

« Attendez au moins à tout savoir.

— Une seule chose m'intéresse à connaître,
madame.

— Un jour viendra peut-être où vous serez
plus exigeant. S'il doit y avoir entre nous com-
munauté de vie et de sentiment, il faut que le

passé vous soit connu. C'est votre droit; à quoi
bon vous dissimuler la vérité? Sachez donc
que lord Gervase m'a écrit, ce matin même,
pour me demander ma main.

— Et alors?... dit-il d'une voix figée par
l'émotion.

— Je n'épouserai pas lord Gervase; mais la
vérité est qu'il fut un temps où, si j'avais été
libre, j'eusse été très heureuse de devenir sa
femme. »

Brandolin ne desserre pas les dents, mais il
continue à pâlir, pendant que Mme Sabaroff
poursuit :

« Je lui ai dit de venir ici chercher ma réponse. Veuillez je vous prie, rester dans la
bibliothèque, de façon à entendre notre conversation.

—Je ne demande ni preuve ni serment, je ne
demande rien.

— Merci de la confiance que vous me témoi-
gnez; le temps pourrait l'ébranler. Qui sait si un
jour vous ne craindriez pas d'être montré au
doigt? Il faut que vous sachiez à quoi vous en

tenir au sujet de mes relations avec lord Gervase. La sécurité de notre avenir en dépend. Or,
pour cela, il est nécessaire que, sans être présent, vous ne perdiez pas un mot de cet entre-
tien. Si vous m'aimez, vous vous prêterez à cette
combinaison. Si nous devons passer notre vie
ensemble, comme vous paraissez le souhaiter,
il faut que vous ne puissiez douter de mes
paroles. Sans cela, comment chasser un jour de
votre esprit de pénibles soupçons. Aujourd'hui
vous êtes tout disposé à me croire; mais en sera-
t-il de même plus tard? »

Il répugne extrêmement à Brandolin d'é-
couter aux portes. Il s'y résigne cependant, du
moment que la paix de leur avenir en dépend.
Il sent que la princesse parle le langage de la
prévoyance et de la raison.

« Allez, répète-t-elle, allez. Les hommes ont
mille moyens de prouver leur véracité. Pour
les femmes, c'est tout différent. Si vous refusez
cette combinaison, je ne saurais consentir à
devenir votre femme, je vous le jure. »

Après avoir attaché un long regard sur la

princesse, il la salue et se rend à son poste d'observation.

Il n'existe pas, en effet, d'autre moyen pour prouver à lord Brandolin que Gervase n'a jamais joui de la moindre de ses faveurs.

Rien ne trouble encore le calme de la maison; on se réunit beaucoup plus tard dans la grande bibliothèque, d'où l'on entend tout ce qui se dit dans la petite. Brandolin reste dans une embrasure de fenêtre, dissimulé par un rideau; peu après, Gervase fait son entrée et s'avance à pas précipités vers la princesse, qui ouvre la conversation en disant :

« Comme vous vous êtes levé de bonne heure ce matin, lord Gervase! Je me suis repentie trop tard de vous avoir fixé un rendez-vous avant midi.

— Que vous êtes cruelle, princesse ! Pour venir chercher la réponse que j'espère obtenir, j'aurais supporté avec joie toutes les épreuves qu'il vous aurait plu de m'imposer, voire même de me lever avant l'alouette.

— Qu'espérez-vous donc apprendre ?

— Que vous me pardonnez le passé, et que vous me promettez le bonheur dans l'avenir.

— Je vous pardonne le passé ; mais quant au présent et à l'avenir, n'en parlons pas.

— Votre pardon m'est plus cruel que votre haine.

— Je désire seulement vous convaincre de mon indifférence. Je me reproche déjà de vous avoir dit que je vous pardonnais ; car, lorsque je me rappelle la sympathie que vous m'inspiriez, je m'en veux encore à moi-même.

— Ce sont là des paroles bien dures ; si j'ai été indigne de vous naguère, j'implore aujourd'hui la grâce de pouvoir m'en montrer digne dorénavant. Vous n'aurez pas à regretter cet acte de magnanimité ; je vous le jure, Xenia.

— Je vous interdis de m'appeler ainsi ; il faut pour cela être de mes amis, et vous n'êtes plus des miens.

— Ciel ! ce n'est pas au titre d'ami que je prétends, mais à celui de mari.

— C'est trop tard !

— Pourquoi trop tard? Nous avons devant nous une longue carrière à fournir.

— Ah ! si vous m'aviez tenu ce langage après la mort du prince Sabaroff, j'aurais agréé vos vœux, quitte à déplorer toute ma vie cet acte de folie. Je serais bien vite revenue de mes illusions. Tout de suite j'aurais vu que vous n'avez ni caractère, ni constance, ni droiture.

— Quelle bonté d'âme !

— Je ne puis vous retourner le compliment. En sortant du couvent, enfant confiante et sans expérience, je me suis laissé prendre aux appeaux du mariage, comme l'oiseau se laisse prendre à ceux de l'oiseleur. J'étais intimidée et écrasée par le rang élevé que j'occupais dans le monde et à la cour. Le mari dont je portais le nom passait son temps à boire, à jouer et à s'ébaudir avec des viveurs de son espèce. Il m'a traitée comme une esclave; vous le saviez parfaitement, car vous étiez son ami intime. A l'affût de l'occasion, vous avez profité de ce que mon cœur était aux abois pour le capter. N'ayant personne au monde à qui confier mes

peines, je m'épanchais en causant avec vous.
Grâce à tous vos moyens de séduction, vous
me sembliez un homme enchanteur. Une jeune
personne ne peut manquer d'être éblouie par le
premier Faust qu'elle rencontre. Je ne conteste
pas que vous ayez fait vibrer une corde de mon
cœur; je trouvais en vous l'idéal rêvé.

— Pourquoi me rappeler le passé et les torts
que j'ai eus envers vous? Maintenant que je
vous revois, maintenant que vous m'êtes un
million de fois plus chère...

— Que m'importe ! Vous avez pris alors mon
cœur, comme on prend un pauvre oiseau blessé.
Mais bientôt les mécomptes, les amertumes
m'ont dessillé les yeux ! J'ai vu que vous ne
valiez pas mieux que les autres et que vous
vouliez profiter de votre intimité avec mon mari
pour m'entraîner dans une intrigue dont vous
auriez été le héros. Si jeune que je fusse, j'ai
compris que je courais à ma perte et je me suis
enfuie. Vous en avez conclu que le prince, dont
vous excitiez la jalousie, m'avait reléguée dans
un de ses châteaux situés dans le Nord. Mais la

vérité, c'est que je l'ai supplié de me laisser quitter Saint-Pétersbourg, pour mettre entre vous et moi une grande distance. Fatigué de me torturer, il y consentit.

— Vous me reprochez simplement d'être comme tous les hommes, qu'un sourire de femme affole.

— Je vous reproche votre fausseté, votre inconstance. Vous n'êtes qu'un vulgaire Lothario. Je sais maintenant que l'on ne joue pas avec le feu, à moins que l'on ne désire s'y brûler. Je l'ignorais alors. J'étais une enfant timide, malheureuse, remplie d'illusions et sans appui ; quand vous avez vu que vous perdiez la partie, vous êtes allé chercher ailleurs des femmes de vertu plus facile.

— J'ai quitté la Russie par ordre de mon gouvernement. Je vous ai écrit mainte et mainte fois, vous ne m'avez jamais répondu.

— Non, je n'ai jamais commis pareille imprudence ; j'ai brûlé vos lettres à mesure que je les recevais. Mais, après la mort du prince, vous avez eu soin de ne plus m'écrire. »

Gervase rougit jusqu'à la racine des cheveux; il y avait dans les paroles de la princesse un accent accablant pour son interlocuteur.

« Si, après cet événement, vous m'aviez écrit, je vous aurais peut-être répondu; peut-être ! Or vous ne m'en avez pas donné l'occasion, vous êtes parti et je ne vous ai plus jamais revu. Aujourd'hui je vous remercie d'avoir agi comme vous l'avez fait. Mais je confesse qu'il fut un temps où j'en ai souffert; j'étais alors très jeune et romanesque; chaque mois j'espérais que la neige, en fondant, vous ramènerait de notre côté, je vous l'avoue, bien que cela puisse vous flatter. »

Gervase sent qu'il ne pourra plus rallumer une étincelle dans ces cendres à jamais éteintes.

« Je ne pense pas, poursuivit-elle, vous avoir aimé dans le sens que les femmes donnent généralement à ce mot. Toutefois vous avez eu la puissance de me faire souffrir, car j'ai beaucoup souffert au souvenir de votre nom, de votre voix, au bruit de vos succès près des autres femmes.

Le temps a tout emporté. La brutalité sauvage
du prince me semblait même moins odieuse que.
votre conduite. Le hasard nous a rapprochés
après sept ans d'absence. Vous m'avez fait
l'honneur de me demander ma main; eh bien!
apprenez qu'il est trop tard!

— Trop tard! parce que lord Brandolin est
tout pour vous.

— Lord Brandolin sera, en effet, peut-être,
quelque chose pour moi dans l'avenir. Mais
s'il n'existait pas, ma réponse serait la même.

— Est-ce votre dernier mot, princesse?

— Oui. »

Gervase, plus pâle et plus agité qu'aucune
autre femme ne l'a jamais vu, a le sentiment de
son irréparable défaite; il salue la princesse et
s'en va, tirant brusquement la porte derrière
lui.

Xenia passe dans la grande bibliothèque.
Brandolin se précipite au-devant d'elle, en lui
tendant les deux mains.

« Êtes-vous content? dit-elle.

— Je serais plus heureux encore, s'il m'était

donné de pouvoir vous faire oublier tout ce
que vous avez souffert.

— Vous savez bien que le monde dira quand
même que Gervase a été mon amant.

— Je pense que le monde ne le dira plus
quand vous serez ma femme ; d'ailleurs, si on
le dit encore, je n'en serai pas troublé.

— Vous avez une noble nature ! dit-elle
avec émotion.

— Je n'ai pas cette prétention, mais celle
d'avoir au cœur un grand et noble amour. »

Gervase, le même jour, à quatre heures,
reçoit un télégramme qui lui enjoint de quitter
Surrenden immédiatement.

« Vertu de ma vie ! s'écria lord Usk, en
se frottant les mains. C'est moi qui suis content que ce faquin ait été refait !

— Refait ! répéta lady Usk d'un ton acerbe.
Refait par qui, je vous prie ?

— Par votre amie russe, morbleu ! Je suis
certain qu'il l'a demandée en mariage et qu'elle
l'a éconduit. Elle a eu diablement raison !
surtout s'il est vrai, comme on le prétend,

qu'ils aient été au mieux jadis ; il lui aurait sans cesse jeté cela à la tête.

— Je suis toujours pleine d'estime pour mes amis, dit lady Usk d'un ton digne. Si Allan a jamais aimé Mme Sabaroff, cela le regarde ; ce n'est ni votre affaire ni la mienne, mais plutôt celle de Brandolin, si ce dernier a les intentions que vous lui prêtez.

— Laissez faire, reprit le châtelain, il est homme à savoir tirer son épingle du jeu. Pour moi, je serais très heureux si le résultat d'une de vos réceptions était d'unir dans les liens du mariage deux de vos invités. D'ordinaire elles sont plutôt suivies de divorce.

— Bah ! mais les Waverley ne sont pas encore en instance pour l'obtenir, » dit lady Usk en regardant son mari du coin de l'œil.

Lord Usk fit un geste d'humeur, tout en s'efforçant de rire.

« Et nous aussi, reprit-il, nous faisons toujours bon ménage, n'est-il pas vrai ?

— Sûrement, » répondit Dorothée.

Le lecteur ne sera pas surpris d'apprendre qu'au premier drawing-room de la saison la femme la plus admirée et la belle des belles était lady Brandolin !

FIN

BOURLOTON. — Imprimeries réunies, B, rue Mignon, 2.

LIBRAIRIE HACHETTE ET C[h]

Nouvelle collection de romans à 3 francs le volume.

Achard (Amédée) : La Chasse à l'idéal. 1 vol.
— Le Journal d'une héritière. 2ᵉ édit. 1 vol.
— Les Chaînes de fer. 1 vol.
— Les Fourches caudines. 1 vol.
— Maxence Humbert. 1 vol.
— Le Serment d'Hedwige. — Madame de Mailach. 1 vol.
— Olympe de Mézières. — Le mari de Delphine. 1 vol.
— Verta Slovoda. 1 vol.
Erckmann-Chatrian : L'Ami Fritz ; 7ᵉ édit. 1 vol.
Féval (P.) : Cœur d'acier. 2 vol.
— Le Mari embaumé. 2 vol.
La Cottière (Jacob de) : Nos semblables. 1 vol.

Ouida : Umilta. — Nouvelles traduites de l'anglais. 1 vol.
— Amitié, traduit par J. Girardin. 1 vol.
— La princesse Zouroff, traduit par J. Girardin. 2ᵉ édit. 1 vol.
— Les Fresques ; Au palais Pilti ; Après midi ; A Camaldoli. Nouvelles traduites par Hephell.
— Musa, imité par J. Girardin. 1 vol.
— Les Napraxine. Nouvelles traduites par Hephell. 2 vol.
Tolstoï (comte) . La Guerre et la Paix (1805-1820). Roman historique traduit par une Russe. 3 vol.
— Anna Karénine. 2 vol.

Série à 2 francs le volume.

About (Ed.) Germaine ; 57ᵉ mille. 1 vol.
— Le Roi des montagnes ; 67ᵉ mille. 1 vol.
— Les Mariages de Paris ; 77ᵉ mille. 1 vol.
— L'Homme à l'oreille cassée ; 39ᵉ mille. 1 vol.
— Maître Pierre ; 9ᵉ édition. 1 vol.
— Tolla ; 50ᵉ mille. 1 vol.
— Trente et quarante. — Sans dot. — Les parents de Bernard ; 42ᵉ mille. 1 vol.
Ancelot (Mme) : Antonia Vernon. 1 vol.
Bertrand (L.) : Au fond de mon carnier. 1 vol.
Bombonnel (C.) : Le Tueur de panthères ; ses chasses écrites

par lui-même 5ᵉ édition, avec un portrait de l'auteur. 1 vol.
Énault (L.) : Histoire d'amour. 1 vol.
Erckmann-Chatrian : Contes fantastiques ; 4ᵉ édition. 1 vol.
Fabre (F.) : Le Chevrier. 1 vol.
Ferry (G.) : Le vicomte de Châteaubrun. 2 vol.
Gérard (J.). Le Tueur de lions ; 10ᵉ édition. 1 vol.
Joliet (C.). Mille jeux d'esprit ; 2ᵉ édition. 1 vol.
Méry : Contes et Nouvelles ; 2ᵉ édition. 1 vol.
Renaut (E.) : la Perle creuse. 1 vol.
Wey (Fr.) : Trop heureux. 1 vol.

Petite bibliothèque de la famille, format petit in-16 à 2 fr. le vol.

Fleuriot (Mlle Z.) : Tombée du nid. 1 vol.
— Raoul Daubry, chef de famille. 1 vol.
— L'Héritier de Kerguignon. 1 vol.
— Réséda 1 vol.
Girardin (J.) : Le Locataire des demoiselles Rocher. 1 vol.
— Les Théories du docteur Wurtz. 1 vol.

— Les Épreuves d'Etienne. 1 vol.
— Miss Sans Cœur. 1 vol.
— Les braves Gens. 1 vol.
Marcel (Mme J.) : Le Clos-Chantecrine. 1 vol.
Wiele (Mlle Van de) : Filleul du roi (mœurs bruxelloises). 1 v.
Witt (Mme de), née Guizot : Tout simplement. 1 vol.
— Reine et maîtresse. 1 vol.
— Un héritage. 1 vol.

BOURLOTON. — Imprimeries réunies, B, rue Mignon, 2.